彷徨う記憶と執愛の星
samayou kiokuto
shuainohoshi
lynx romance

彷徨《さまよ》う記憶《きおく》と執愛《しゅうあい》の星《ほし》

戸田環紀《とだたまき》
ILLUSTRATION：北沢《きたざわ》きょう

彷徨う記憶と執愛の星

LYNX ROMANCE

CONTENTS

彷徨う記憶と執愛の星

もうそろそろ起きなければいけない。

分かっているのに、どうにも頭が痛く、いつまでもぐずぐずと瞼《まぶた》を開けることができない。

だがおなかも減ってきたし、何よりラヴァトリーに行きたいと体が訴えている。

気持ちを奮い立たせて気怠《けだる》さを払い、ゆっくりと目を開ける。

「アシュリー……アシュリー！　よかった……。気分はどうだ？　吐き気は？」

直後、誰かに手を握られ、反射的に身を竦《すく》めた。

知らない男性の声が頭に響く。人がいると思わず驚いたが、それより苦痛に顔を歪《ゆが》めてしまった。

「すみ、ませ……。動かさないでいただけますか。頭が痛くて……」

幸い男性はすぐに手を離してくれ、ベッドの震動もたちまち収まった。額《ひたい》に手を当て薄目で見ると、傍《かたわ》らの椅子に腰掛けた彼は心配そうな顔でこちらを見ている。

――この人、誰だろう。

三十歳くらいの身なりのいい紳士だった。頼んだ通りすぐ退《の》いてくれたのだから悪い人ではないだろうが、何分見覚えがない。

それに、ここはどこなのだろうか。

自分がベッドに寝ていることは分かるが、彼が誰なのか、どういう状況なのかはさっぱり分からず、考えようとしても頭痛に邪魔をされて何も思い出せない。

「すまない。すぐに鎮痛剤と冷やすものを持って来させる。ほかに痛むところは？」

「いえ、頭だけです。ところでここ……っ……」

訝《いぶか》しく思いながらも上体を起こした途端、容赦のない痛みにまた襲われた。

「アシュリー、駄目だ。まだ寝ていないと……」

アシュリー？

先ほどもそう呼ばれた気がするが、聞き慣れない名前に首を傾《かし》げそうになる。実際そうしなかったのは、単に頭が痛かったからだ。

「いいえ、大丈夫です。ところでここはどこなのでしょう？　それに僕はアシュリーという名前ではありません、と言い終わる前に、突然立ち上がった男性に両腕を摑《つか》まれた。

「アシュリー？　どうしたんだ？　何を言っている？」

「え？　あの……いたっ……」

指が肌に食い込む。痛みを訴えても今度は手が離れない。

「ここがどこか分からないのか？」

男性の声も顔も真剣だが、この人は何を言っているのだろうとつい眉根《まゆね》を寄せてしまった。

分からないのに。場所だけではなく自分はこの人のことも知らないのに。

「え……？」

そう思った瞬間だった。顔から一気に血の気が引いた。

「答えてくれ、アシュリー」

違う。自分はアシュリーではない。

そう言えばいいのに口が動かない。

これは、なんだ？

何か恐ろしいことが起こっている。

自分の名前はなんだっただろう。歳《とし》は？　家族は？　どうして知らないベッドに寝ている？

落ち着け。頭が痛くて思考が停止しているだけだ。もしくは完全には目覚めていないだけだ。

彼とはいったいどこで会った？

思い出せ。

「ひ――」

どうしよう。

何一つ思い出せない。

自分がアシュリーではないと思うのは、その名に覚えがないからだ。ならば名前はなんだと問われたところで何も答えることができない。

「アシュリー!?」

全身が震えてくる。歯の根が合わずに口を押さえると下から顔を覗《のぞ》き込まれた。

「ぼ、僕……」

「どうした？　気持ち悪いのか？」

「僕……ひっ……」

「……大丈夫だから落ち着いて。ゆっくり息をして」

嗚咽《おえつ》に跳ねる背中を男性がさすってくれる。大きな手の平の動きは優しく、彼がこちらを本気で心配してくれているのが寝間着越しに伝わってきた。

規則正しく肌に触れる熱。温かさが、呼吸を整えていく。

十分ほどそうしていただろうか。

何度も「大丈夫だ」と言われているうちに、涙が徐々に引いて気持ちも幾らか落ち着いていった。

「少し落ち着いたか？　気持ち悪かったのか？　頭痛は？」

顔を拭《ぬぐ》ったものの、涙が残っていたのか親指で頬《ほお》を撫《な》でられる。

おそらく彼は知り合いなのだろう。だからか過度な接触にも嫌悪はまるで感じない。

「頭痛はまだありますけど……大丈夫です。それより……あなたは僕の知り合いなのですか？」

しかし、やはり恥ずかしくて背中を後ろに引きながら訊《き》くと、男性が手を止め頬を激しく痙攣《けいれん》させた。

やはり彼は知人なのだ。だからこそ忘れられたことに強い衝撃を受けている。

「すみません、僕……忘れているのですよね？　でも、あなたのことだけではないのです。あの、自分のこと、も……」

口にすると不安がぶり返してまた涙が出そうになったが、その前に男性が話しかけてきた。

「謝る必要はない。ひとまずもう一度横になろう」

こちらに負担を与えないためか、男性が青白い顔で微笑《ほほえ》んでくれる。

きっと優しい人なのだろう。その人に衝撃を与えてしまったことが俄《にわ》かに心苦しくなる。

だが、たとえ無理をさせていても、この人が一緒にいてくれてよかったと思わずにはいられなかった。

もしも目覚めたときに一人だったら自分は狂乱していたのではないか。

何も分からない自分自身が、まるで空虚そのものに思える。自分がここに生きているとはっきり感じることができない。

でも、少なくとも彼だけは、自分がこの世界に存在していることを知ってくれているのだ。

「すみません、横になる前にラヴァトリーをお借りしてもよろしいですか？」

男性が頷《うなず》きながら手を貸してくれる。頭痛が治まっておらず足がふらついたが、ラヴァトリーは室内にあり、さほど歩かず着くことができた。

自分が男性だという自覚は最初からあった。小水を望んだ器官を自然と感じていたからだ。

今、目にしている形もそれが事実だと証明している。

用を足し、洗面台で手と顔を洗ったあと、恐る恐る鏡で「自分」を確認すると、声や体つきから予想していた通り、そこには頼りない中性的な面立《おもだ》ちがあった。

肌は白く、鼻と唇は小振りで、上唇の中心の山がはっきりとしている。緑色の瞳を縁取る睫毛《まつげ》もそこにかかる前髪もプラチナブロンドで、試しに指でつまんでみたら猫の毛のように柔らかかった。

全体的に主張の少ない大人しそうな顔。

それが、鏡に映る自分に抱いたほぼすべての印象だった。

——これが、僕……。

何か思い出すかもとしばらく見ていたが、諦めて背を向ける。どれだけ見たところで親近感が湧くどころか、他人を観察している気分にしかなれないことが悲しかった。

男性に支えられてベッドに戻った。その際に男性の胸元から爽やかな香りを感じ、現実味のない浮遊感に揺られながらとてもいい匂いだと思った。

彼のことは覚えていないが、この匂いは知っている気がする。本当の記憶なのかは分からない。何かを覚えていると思いたいがために、そう感じているだけなのかもしれない。

横になるのに腕を貸してくれたあと、男性は壁際に行って天井から下がっていた細い紐《ひも》を引いたが、その紐の用途は説明されずとも分かった。部屋の外の呼び鈴《りん》に繫《つな》がっていて、貴族などが使用人を呼ぶときに使うものだ。

――じゃあ、ここは貴族のお屋敷で……あの人は、貴族？

部屋を見回せば、そうなのだろうと思うような調度品と装飾が目に飛び込んできた。

天井は高く、壁は霧吹いたような淡い緑の草木柄で彩られている。流麗な細工の燭台《しょくだい》が、雪豹《ゆきひょう》に似た美しい木目の小さなテーブルに載せられていた。赤紫色の革表紙に金の型押しがされた本。陽《ひ》の光に輝く磨き抜かれた窓ガラス。天蓋《てんがい》から零《こぼ》れるレースの緻密《ちみつ》さなどは見惚《みと》れるほどだ。

「すぐに人が来る。そうしたら薬を頼むし、ドクターも呼んでもらうから、もう少しだけ我慢してくれ」

戻って来た男性が、先ほどと同様に傍らに腰掛け澄んだ瞳でこちらを見る。

短く整えられた黒髪と同じく、香気と清廉《せいれん》さが漂う黒い瞳だった。

くっきりとした二重瞼と、もの柔らかに上がっている口角に優しそうな印象がある。けれど、纏《まと》っている雰囲気の奥に、泰然《たいぜん》と構えた野太い迫力のようなものも感じる。

「あ、の……」

自分のことと同じくらい彼のことが気になる。

だが、頭の中が疑問だらけで、却《かえ》って何も訊けずにいると、彼のほうから問いかけてきた。

「君は、君自身のことも、私のことも分からない、そうだね？」

小さく頷いた。

「そう、です。自分の名前も、歳も、あなたのことも覚えていません。ここがどこかというのも」

彼は考えるように目を瞑《つむ》り、それから言った。

「君の名前は、アシュリーという」

既に何度か聞いていたので驚きはなかったが、その名前が頭に浸《し》み込んでこない。誰かに呼びかけられても自分のことだと思えず、うっかり聞き逃してしまいそうだ。

「この七月で二十歳《はたち》になった。ちなみに今日は九月六日の水曜日だよ」

続けて今年が何年なのかも教えられたが、そうなのかという認識しかなかった。

「それで……君自身のことを説明する前に、私が何者かというのを教えたほうが分かりやすいと思うんだが、それでいいか？」

アシュリー。二十歳。

まだ「自分」の情報を消化していないうちにそう言われ、まごつく。頭よりも気持ちが追いついていない。それに、もし教えられた傍《そば》から忘れてしまったらどうしよう。

「すまない。急ぎすぎたね。分からないほうが不安かと思ったんだが、まずは何も考えずに寝たほうがいいのかもしれない。ああ、心配しなくてもずっといるから大丈夫だ」

心の機微を察することができる人のようだ。

話し方だけではなく、内容からも、本当に優しい人だというのが窺《うかが》えた。

視線が穏やかに重なる。目を瞑っていいよと言われたけれど、平気ですと即座に答えた。

彼と自分はどんな関係だったのだろうか。

自分について知ると思うと身構えてしまうが、この人のことは聞いてみたいと思う。

「あの、大丈夫なので、あなたのことを教えていただけませんか。自分のことよりあなたのことのほうが頭に入ると思うので」

彼は意表を衝《つ》かれたように瞬《まばた》いたが、すぐに「分かった」と頷いてくれた。

「私はレイモンド・カイ・フェアクロフという。レイモンドでもレイでも、なんとでも好きなように呼んでくれて構わない。一応歳を伝えると三十で、鉄道会社を経営している。そしてここは私のカントリーハウスだ」

「鉄道会社？　ええと……事業をされている貴族の方ということですか？」

経営しているということは社長だ。貴族かもしれないとは思ったが、まさか実業家だとは思わず驚いた。だが鉄道という大事業を牽引《けんいん》していると思えば、どことなく迫力を感じたのにも納得がいく。

「いや、私は貴族じゃない。ただフェアクロフ鉄道株式会社というのを持っているだけだ。社は首都にあるけど、でもこの屋敷は首都ではなくて……ああ、そうか」

そこで彼、レイモンドは話を変えた。

「先にこれだけ確認させてくれ。今いる場所がセリーニ王国だというのは分かっているのか？」

「セリーニ王国？」

その言葉が鍵となり、空《から》に思えた頭の扉が開《ひら》く。

突如溢《あふ》れてきた情報に混乱し、時間がかかったが、レイモンドは辛抱強く答えを待ってくれた。

「セリーニ王国という国があるのは覚えています。北半球に位置していて、国土は小さいけれど歴史の長い、産業の発展が目覚ましい国でしたね？　それに、今僕が話しているのはセリーニ語なのだと思います。でも、自分がそこにいるという自覚が……ありません」

我ながら心許《こころもと》ない返事にも、レイモンドは確固とした声で「分かった」と答えてくれた。

「私は医者ではないから詳しいことは分からないが、君はすべてを忘れているというわけではないようだ。自分の名前や状況が思い出せないだけで、存外多くのことを覚えているのかもしれない。もしかしたらすぐに思い出すかもしれないし、だから記憶が欠けていることを無闇に恐れないほうがいい。分かった？」

気休めでもその言葉にどれだけ救われたかしれない。

涙をこらえながら、やはりこの人がいてくれてよかったと思った。

「分かりました。ありがとうございます。では、僕はセリーニの民なのですね？」

レイモンドが「そうだよ」と言ったとき、ちょうどドアがノックされた。

「旦那様、失礼いたします」

入って来たのは随分と大柄な、レイモンドよりも幾つか若そうな青年だった。

レイモンドと同じようにウエストコートの上に前裾の短いテイルコートを重ね、立てた襟《えり》周りにきちんとクラヴァットを巻いているが、質の違いは一目瞭然《りょうぜん》だ。運んで来たトレイにティーポットとカップ、水の入ったグラスが載っている。

「ああフィル、すまないが……と、さすがだな」

レイモンドの感心の言葉に黙礼し、青年はテーブルの上にトレイを置いた。

「カモミールティーとウィローバークをお持ちしましたが、ほかに何かございますでしょうか。朝食はすぐにお持ちできますが」

レイモンドが「さすが」と言ったのは、頼む前に青年が薬を持って来たからだろう。カモミールティーも煎《せん》じたやなぎの樹皮《ウィローバーク》も、鎮痛作用がある。

青年がお茶を注ぎながら、ちらりと心配そうな目を向けてくる。記憶にないが、きっと彼はこの屋敷の使用人で、こちらのことを知っているのだろう。

「何か食べるか？」

おなかが減っていたはずなのに見事に食欲が失せている。

背中を起こされながら訊かれたが、力なく首を振った。

「いえ、今は結構です。ありがとうございます。薬をいただいていいですか？」

頷いたレイモンドに助けられながら、薬包紙を傾け粉薬を水で流し込む。

カモミールティーも飲んでからふたたび横になると、若干ではあるが周りを窺う余裕も出てきた。

頬に赤みは戻ったものの、レイモンドはいっそう憔悴《しょうすい》したかに見える。青年も変わらず心配そうだ。

「あの、そちらの方は……」

驚かせてしまうだろうという予想に違《たが》わず、青年は怪訝《けげん》そうに眉をひそめた。

「ああ……私だけではないのか」

レイモンドの言葉と青年の表情から、やはり彼も知り合いだったのだと分かる。

何せ自分自身のことを覚えていないのだ。認めたくないが、自分は周りの人のこともすべて忘れてしまったのだろう。

「フィル、あとで説明する。ひとまずドクターに連絡してくれ。アシュリー、彼はフィル・オルブライト。私の従者だが、私が仕事に行くときには彼が君の世話をしてくれる」

フィルと呼ばれた青年は我に返ったように身を正し、さっと頭を下げた。

「旦那様の従僕をしておりますフィル・オルブライトと申します。どうぞなんなりとお申しつけください。では、ドクターをお呼びしますので、いったん失礼いたします」

胸に渦巻いているだろう疑問は口に出さず、フィルが素早く部屋から出て行く。

二人きりになった部屋の中で、無意識なのだろう、レイモンドが細く長い溜息《ためいき》をついた。

内心ではひどく動揺しているに違いない。彼が取り乱さなかったのは、ひとえにこちらの不安を煽《あお》らないためだ。

「あの……」

向けられた顔には柔らかな笑みが載っていて、無理をさせていることを改めて申し訳なく思った。

なぜ自分は忘れてしまったのだろう。この人にこんな顔をさせたくなかった。

「だ……旦那様」

思い出したい。記憶を取り戻したい。何か少しでも。

「旦那様はやめてくれないか。君には名前で呼んでもらいたい」

乞うように響いた声に、うろたえながら答えた。

「で、では、レイモンド様……レイ、様」

「『様』も……いや、ひとまずそれでいい。どうした？　アシュリー」

名前を呼ばれても初めより抵抗を感じない。レイモンドに「アシュリー」と呼ばれるごとに、あやふやだった自分の輪郭《りんかく》がはっきりしていく感じがする。

時間がかかったが、なんとか自分のことを受け止められそうだった。

「僕は、どうして記憶を失くしたのでしょう？　頭が痛いことと何か関係があるのでしょうか？」

レイモンドが膝の間で手を組む。大事な話の予兆を孕《はら》み、彼の頬が硬く強張《こわば》る。

「それにはまず君自身のこと……君の生まれや、君がここにいる理由などを話さなくてはいけない。私の子供たちのことも。でも、一度に伝えても君を混乱させるだけの気がする。だからまずはドクターに診《み》てもらって、それから話すのでもいいだろうか？」

「それは構いませんが、お子さんが……いらっしゃるのですね？」

子供がいても不思議はなかったが、なんとはなしに尋ねた。彼の指に結婚指輪は嵌《は》められていない。

「ああ、三人いるよ。でも紹介はあとにしよう。体調が優れないときに子供の相手は大変だからね。

アシュリー、じきに薬が効くだろうから、少し目を閉じて休んだらいい。疲れただろう?」

彼の言葉に全身から力が抜ける。目覚めた途端記憶がなかった上、冷静にならなければと気を張り続けていたので確かに疲れている。

「ゆっくり休んだほうが記憶も早く戻るかもしれない」

そう言われると、もう休みたいとしか思えなかった。

「そう、ですね。それでは少し失礼します。あの、レイ様」

レイモンドが目で相槌《あいづち》を打つ。眼差《まなざ》しからは優しさと、微《かす》かな寂しさが感じられた。

「傍にいてくださって……ありがとうございます」

レイモンドが泣きそうな顔をしたのは、気のせいだろうか。

「それは私の台詞《せりふ》だ。アシュリー」

片手で目元を押さえながら、レイモンドが掠《かす》れた声で呟《つぶや》いた。


一日経《た》ったら記憶が戻っている、そんな奇跡は起こらなかったが、翌朝目覚めたときもレイモンドは約束通り傍にいてくれた。

「レイ様はちゃんと寝ていますか? お仕事のほうは大丈夫なのでしょうか」

今だけではなく、昨日の午後医者に診てもらったときも、夕食のときも彼は一緒にいてくれて、それのみならず、寝る前には体を綺麗《きれい》に拭いてくれた。

レイモンドといると安心するし、とても心強い。

かといって、自分の会社を持つ社長に何日も甘えているわけにはいかず、運ばれて来たサンドイッチに手をつける前にアシュリーは尋ねた。

「私は元々四時間くらい寝れば足る。仕事も急ぎのものはないから大丈夫だ。君は何も心配せず、ゆっくり休んだらいい」

昨日と比べてレイモンドの顔色はよく、滲《にじ》んでいた焦りもすっかり払拭されている。穏やかな口調と悠然とした微笑み。これが普段の彼なのだろう。

何日も甘えられないと思ったばかりなのに、彼にそう言われると反論する気も起きなかった。

──それにドクターも、今は心身を休めるのが最善だと仰《おつしや》っていた。

サンドイッチに手を伸ばしながら、昨日医師からくだされた診断を思い出す。

「アシュリー」が忘れているのは自分自身に関することと、どうやら直接関係した人物に限られるようだと医師は言った。

後天的に習得した知識、たとえば読み書きを始めとする学習能力は変わらずあるようだ。ナイフとフォークを持って食事をすること、排泄に対する羞恥心《しゅうちしん》が認められることから、年齢的な退行現象が起こっていないことも分かった。

限定的に記憶が欠ける場合、精神的な負担、つまり苛酷な現実から逃避したということが考えられるが、今回は頭を強く打ったことが原因だろうと思われる。

できる限りのことはするが、記憶がいつ戻るのかは誰にも分からない──。

「レイ様、昨日の話なのですが」

朝食を食べて薬を飲み、横になったところで切り出した。

「ああ……そうだね。君のことを教えなければいけないね」

凪《な》いでいたレイモンドの瞳に翳《かげ》が落ちる。

その理由は次の言葉から容易に察することができた。

「まずは心の準備をしてくれるか。君の身の上はもしかしたらいささか予想外かもしれない。私としてもできるだけ君にショックを与えたくないとは思っているが」

そう言われて慄《おのの》かなかったと言えば嘘《うそ》になるが、耳を塞いでいるわけにもいかず、上掛けの端を握り締めてアシュリーはレイモンドを見上げた。

「大丈夫です……。教えてください」

黒い睫毛が震え、翳が一段と濃くなる。レイモンドは朝日に不似合いな溜息をついたが、それは苦しい告白をする前の禊《みそぎ》のようにも見えた。

「アシュリー、君は、生まれてすぐ救貧院に預けられた子で……つまり、みなしごだった」

「え……？」

レイモンドの言葉を胸で反芻《はんすう》する。

みなしご。自分は親がいなかった、もとい親に育てられなかった子供だったのか。

どんな理由があろうとそれは確かにショックなことだ。軽々しく伝えられない身の上に違いない。

けれど、蓋《ふた》を開けてみれば、レイモンドが心配するほど大きな衝撃を受けることはなく、むしろ最初から自分には親がいなかったのだと、ほっと安心したくらいだった。

自分は親のことを、誰よりも近くにいただろう人のことを忘れてしまったわけではない。

そう思うと、記憶を失くしたことで親を悲しませてしまうという罪悪感が薄れ、気が楽になった。

寂しいと思わなくもないが、彼らの顔を思い出せずに苦しむよりもいいとすら思う。

こちらの心情を慮《おもんぱか》ってか、レイモンドは先を続けない。

「そうですか。あの、父母がどこにいるかは……レイ様はご存じではないですよね？」

レイモンドは首を振った。

「すまない……。いない、としか聞いていない」

「そうですか。あ……大丈夫です。分かりました。でも、ということは僕は救貧院で育ったのですね」

意識してしっかりとした声音《こわね》で返すと、レイモンドの瞳に光が戻った。

「そうだ。首都にあった救貧院にずっといて、成人したあともそのままそこで働いていた。でも三箇月前にそこが閉院してしまって、それで私が君をこの屋敷に引き取ったんだよ」

それにはみなしごと言われたときより驚いた。

アシュリーは二十歳だったはずだ。小さな子供ではなく、一人で生活していく力だってあっただろうに、いったいどんな経緯で引き取ったというのか。

答えはすぐに出た。

「僕はこのお屋敷で働いていたのですね？　下男か何か……」

半ば確信して口にしたが、レイモンドは深い皺《しわ》を眉間《みけん》に刻んだ。

「違う。使用人として引き取ったんじゃない。私は君が……君に……君を……」

言いあぐねた末、レイモンドは拳《こぶし》を口に当てた。

「君を引き取ったのは、ほかの子供たちを引き取ったのと同じ気持ちからだ。君を『子供』だと思ったことはないが、救貧院での働きぶりを見ていて君の力になれればと思った。語弊があるのを承知で言うと、未来への投資と思ってくれたらいい。ともかく君はこの屋敷で仕える側ではなく仕えられる側にいる。そこはきちんと分かって欲しい」

自分が引き取られた理由より、子供たちを引き取ったという言葉が耳に残った。

レイモンドは昨日「子供が三人いる」と言ったが、その子たちはレイモンドと血が繋がっていないのだろうか。

「目をかけていただいて、自分がここにいるということは分かりました。でも、引き取った子供たちというのは……」

「旦那様、少々よろしいでしょうか」

そのとき、昨日からたびたびされているノックがあったが、聞こえてきたのは従者のフィルの声ではなかった。

「ああ、大丈夫だ。どうした？」

レイモンドの許可を受け、開けられたドアから長身の男性が姿を現す。

流れるような所作で頭を下げた男性のことを、思わず息を詰めて見つめてしまった。

「お休みのところ失礼いたします。執事をしておりますアルバート・メイネルと申します。アシュリー様のご容態は伺っております」

五秒ほどもしてから挨拶《あいさつ》されたのだと気づき、しどろもどろに礼を返した。

「よ……よろしくお願いします。すみません、不躾《ぶしつけ》に……」

見てしまって、という謝罪は、レイモンドに遮られた。

「仕方がない。アルバートを見るとほぼすべての者がそうなる。私が言うのもおかしなものだが事実なのでね。それはともかく、屋敷で何か分からないことがあったら彼に訊くといい」

生まれて初めて聖像を見たときの子供はこんな気持ちになるのではないか。

挨拶したときと同様、無表情でベッドに近づいて来るアルバートに止めようもなく頬が熱を持った。静謐《せいひつ》な教会にひっそりと佇《たたず》む物言わぬ愛。金の髪と雪花石膏《せっかせっこう》の白皙《はくせき》を持つ、瑕疵《かし》の欠片《かけら》も見つけられない完璧な麗人。

屋敷の顔である執事が美しいのは当然としても、アルバート・メイネルの美しさは極めて神の域に近かった。

「何か急ぎの用か？」

傍らに立ったアルバートにレイモンドが尋ねる。見慣れているのか、年上だろう美貌のアルバートを前にしてもレイモンドは顔色一つ変えない。

「ネイサン様がアシュリー様に謝りたいと仰っております」

「ネイサンが？」

やにわにレイモンドの顔が曇った。忌々《いまいま》しいという表情ではなく、痛々しいといった顔だ。

「はい、既にあちらでお待ちです」

アルバートが開いたままのドアを振り返る。人物の存在を教えるように、蝶番《ちょうつがい》が軋《きし》んだ音を立てる。

「ネイサン、入りなさい」

ネイサンとは誰なのだろう。謝りたいとはどういうことなのか。

「しつ……失礼します……」

疑問に思っていると、少年が泣きじゃくりながら中に入って来た。

長いこと泣いているのか、顔は真っ赤で涙と鼻水でぐちゃぐちゃになっている。見るからに上質そうなシャツの袖口も、乱暴に涙を拭っているせいで見事に皺くちゃだ。

「アシュリー、突然になってしまったが私の息子を紹介しよう」

ネイサンの震える肩を抱き寄せながら、レイモンドが言う。

「この子は私の一番上の子で、ネイサンという。十歳でね、三年前に救貧院から引き取ったんだ。八歳のルーシーと三歳のロビンも同じときに引き取った。君と同じで彼らは生みの親を知らずに育ったけれど、どの子も私は実の子だと思っているよ」

養子だと言われなければ、少年はレイモンドと血が繋がっているのではと思うほどにそっくりだった。瞳の色が違うだけで、すっきりとした短い黒髪も長い手足もよく似ている。だが利発そうな面貌《めんぼう》は、今はまるで生まれたばかりの赤子だ。

「そうだったのですね。救貧院から……。でも、彼が謝りたいというのは……？」

謎《なぞ》は一つ解けたが、まだ大きな疑問が残っていてそろそろと首を傾げると、突然ネイサンがベッドに突っ伏した。

「ごめ、なさ……ごめんなさい……！　俺のせいで……！」

打ち震える小さな背中に狼狽《ろうばい》する。

助けを求めてレイモンドを見ると、彼は優しくネイサンの背中をさすった。

「ネイサン、アシュリーには災難だったが、あれは不幸な事故だ。アシュリーがいてくれなかったらお前だってどうなっていたか分からない」

「でも、怪我《けが》……記憶も……」

記憶が欠けてしまったことを知っているのだろう、ネイサンの声は悲愴《ひそう》だった。

「あの、何があったのでしょう？」

ネイサンが罪の意識を抱いていることは分かるが、その理由が分からない。

嘆息《たんそく》したレイモンドは、ネイサンを宥《なだ》め続けながら口を開いた。

「君が記憶を失くしたのは頭をぶつけたせいだが、どこにぶつけたかというと、庭の木の根だ。ネイサンが木登りをしていてね、足を滑らせて落ちたこの子を君は受け止めて、そのまま倒れて頭をぶつけたらしい。私は仕事でいなかったから、全部あとから聞いた話なんだが」

「ご……め……」

ネイサンが喉を引き攣《つ》らせる。このままではこの子のほうが参ってしまうと思い、急《せ》かされるように言葉をかけた。

「大丈夫だよ。君のせいじゃないから謝らないで。心配しなくても、もう頭はそれほど痛くないんだ。記憶も……割と色々なことを覚えているよ。だから泣かないで」

どれだけ責任を感じているのか、ネイサンは首を振るばかりで中々泣きやまない。

こうして謝りに来るのにどれほど勇気が要っただろう。君のせいではないと言われたところで、実際記憶を失くした相手が目の前にいるのだ。小さな胸が罪悪感で潰れるのには充分すぎる酷な現実だ。

幾ら大丈夫だと言葉を重ねても、きっとネイサンは自身を責め続ける。

それを止めるためには自分が元気になり、記憶の欠損は大したことではないと行動で示すしかない。

「ネイサン、だったね。顔を上げてくれるかな？」

笑い方は覚えている。本心を隠して強い振りをする仕方も。

おずおずと顔を上げたネイサンに、できるだけ明るく笑いかけた。

「ほら、僕はこうして起きているし、問題なく話しているよ？　多分僕は元々記憶力が弱かったんだよ。だから大丈夫。忘れた分はこれから覚えていくし、ああ、そうだ。何か必要なことがあったら君が教えてくれるかな？」

ネイサンの瞳に新たな涙が浮かぶ。下唇が山の形に盛り上がった。

「ほんと……本当に、大丈夫？」

「本当に大丈夫だよ」

「本当に？」

「じゃあ来週一緒に駆けっこでもしようか」

さすがに「明日」とは言えなかった。鵜《う》呑《の》みにされたら嘘つきになってしまう。

「ネイサン、アシュリーもまだ休まなければいけない。そのくらいにしよう」

レイモンドに言われ、ネイサンが洟《はな》を啜《すす》って腕で顔を拭く。

大人しく頷き、彼は立ち上がりかけたが、その前にアシュリーの腰に手を回してきた。

「アシュリー、本当にごめん。俺……僕、反省してる。早くよくなって」

頭を撫でると、ネイサンは身を起こし、アシュリーの頬にそっと唇を押し当ててきた。

執事のアルバートに連れられ、ネイサンは、心配そうに幾度も振り返りながら部屋から出て行った。

「いい子……ですね。それにレイ様によく似ています」

「そうだね。あの子を見ていると私も自分の子供の頃をよく思い出すよ。外見だけではなく三人の中では気性も一番私に似ている。あとでほかの二人にも会わせるが、今は色々聞いて疲れただろう。まずは休みなさい」

レイモンドの言葉に甘えて横になり、窓から秋晴れの空を眺める。ネイサンの瞳と同じ薄青の空だ。

昨日よりも明確に、早く回復したいと思った。ネイサンと来週駆けっこをするためにも、早く元気にならなければいけない。

その日の午後は寝るだけで終わった。

レイモンドのほかの子供たちに会ったのは、翌朝のことだった。

「アシュリー！」

ノックもなく、女の子が茶色い巻き毛を跳ねさせ部屋に飛び込んで来る。

「ねえ、ねえねえ、本当にあたしのこと忘れちゃったの？」

女の子はベッドに乗り上がって両手をつき、半身を起こしたアシュリーの鼻頭に顔をぐっと近づけてきた。前歯がすきっぱだ。可愛《かわい》い。

「ルーシー、それは言わない約束だっただろう？」

こめかみに指を当て、レイモンドが悩ましげに首を振る。

窘《たしな》められたルーシーは、だって、と八歳らしく唇を尖《とが》らせた。

「ねえ、アシュリー？　本当に全然覚えてないの？　あたしのことも、ロビンのことも？」

ここまで明け透けに言われてしまうと逆に傷つかない。

アシュリーは眉尻を下げながら、ごめんね、とルーシーの頭を優しく撫でた。

「でも忘れたのは頭を打ったからで、何も君たちのことが大事じゃなかったからじゃないよ。僕もできるだけ早く思い出すようにするから許してくれる？」

ルーシーが無垢《むく》な瞳でこくんと頷く。そして昨日のネイサンと同じように頬に柔らかくキスしてきた。

ネイサンとルーシーに会って、一つ分かったことがある。

救貧院から引き取られた自分は、この屋敷で子供たちから慕われ、とても大事にされていたのだ。

それはひとえにレイモンドの意向なのだろう。

彼は、ほかの子供たちと同じように、本当にアシュリーを支援してくれていたのだ。

「まあまあルーシー、何事ですか。ああすみません。旦那様、アシュリー様、失礼いたします」

ルーシーのあとから入って来たのは、腕に金髪の天使を抱いた四十歳くらいの女性だった。

レイモンドの細君かと思ったが、旦那様と呼んでいたからおそらく違う。

「ロビン、こっちにいらっしゃいよ。ほら、アシュリーのベッドふかふか」

ベッドの上で座ったまま跳ねるルーシーを、レイモンドが抱き上げる。

「ルーシー、アシュリーの体に障る。それにルーシーたちのベッドも同じものだよ」

そして、「そうなの？」と首を傾けるルーシーを床に下ろしてから、彼は女性に目を向けた。

「アシュリー、私の末っ子のロビンと、乳母のオリヴィアだ。オリヴィアはこの屋敷でロビンと寝起きしているし、食事も一緒だからね、子供以外では君と接する機会が一番多い。何か不安なことがあったら彼女に相談するといい」

オリヴィアはロビンを抱いたまま頭を下げた。

「オリヴィアと申します。このたびの災難には言葉もありませんが、アシュリー様のお役に立てれば幸いです。よろしくお願いいたします」

「こちらこそお願いします。色々お尋ねすると思いますが、教えていただけたらありがたいです」

答えてからレイモンドに顔を向ける。

従者、執事、子供、乳母を紹介されたのだから、いないのではと思いつつ尋ねた。

「あの、立ち入ったことをお尋ねしますが、レイ様の奥様は……」

引き取ってもらった身としては、もしいるなら誰より先に挨拶しなければならない相手だ。

レイモンドは静かに答えた。

「私は独身だ。これまで結婚したこともない。だから子供の世話を一手に引き受けてくれるオリヴィアには感謝している。この屋敷になくてはならない人だ」

「まあまあ旦那様、もったいないお言葉恐縮です」

にこにこと笑うオリヴィアに好感を覚える。ロビンを抱く彼女の周りには穏やかな空気が漂っていて、彼女や子供たちと一緒ならば、記憶が欠けていても安心して暮らしていけるのではと思った。

レイモンドの言う通りだ。無闇に不安を感じてはいけない。彼らがいてくれたら自分は元気になれるし、きっと記憶もすぐに取り戻せる。

その思いは空《むな》しく、記憶は一向に戻らなかったが、体は順調に回復した。

レイモンドが強く願ったため、休息期間は思いのほか長かったものの、記憶を失くしてから二週間後、アシュリーはようやくベッドから起き上がった。

屋敷の角を曲がって女中頭が走って来る。

「アシュリー様、おやめください！　アシュリー様に洗濯なんかさせたら私どもが旦那様に叱られます」

彼女に知らせたのだろう、メイドの少女も息を切らせて追いかけて来た。

「頼みますからそんなに慌てないで。走ると危ないですよ。それに、レイ様がこんなことで叱る方じゃないのは僕にも分かります」

たらいの前にしゃがみ込み、服をこする手を止めずに答える。

女中頭は困り顔を見せたが、力ずくで止めようという気はないようで、アシュリーはそのまま勢いよく大きなシャツを水から上げた。

泡抹《しぶき》と一緒に爽やかな香りが辺り一面に広がる。それは以前レイモンドから感じたのと同じ匂いで、優しく包まれているような安心感に胸がふわりと温かくなった。

ほっとしながら襟を確認すると眩《まぶ》しいほどに白い。朝食時にロビンがジャムのついた手で触ってしまったのだが、幸い綺麗に落ちたようだ。

だが、満足したのも束《つか》の間。

「よし、ちゃんと洗えて……あれ？　ここ、破れていたかな……？」

こすりすぎたのか、染みが取れた代わりに生地が薄くなって糸目が見えている。

「ですから、私どもがやりますと……」

溜息混じりの女中頭の言葉に、頬がたちまち熱くなった。

「すみません。レイ様のシャツ、破いてしまって。僕の仕業だとレイ様に伝えておきます」

立ち上がり、力を入れすぎないように絞ったシャツを渡すと、女中頭が渋い顔をする。

「誰の仕業だという話ではありません。そもそもアシュリー様がなさる仕事ではありませんし、何よりまだご無理をしてはいけないと申し上げているんです」

「体ならもう大丈夫ですよ。ほら」

空になった手を振り回してみせたが、女中頭もメイドも愁眉《しゅうび》を開かない。一昨日ベッドから起き上がったばかりなので、二人とも心配してくれているのだろう。

とはいえ、洗濯もろくにできないこの不器用さと臥《ふ》せていたことはなんの関係もない気がして、アシュリーは恥ずかしいを通り越して自分の不甲斐《がい》なさにほとほと呆《あき》れた。

——僕、本当に何もできないな。

自分は救貧院でいったい何をしていたのか。

昨日フィルに屋敷を案内してもらってから何かと挑戦しているのだが、皿を洗えば派手に割るし、洗濯すればこの通りだ。

でも、落ち込んでいる暇はない。

——大丈夫。洗濯も得意じゃなかったことが分かった。そうやって色々試せばいいし、できないことでも続けていたらいつかうまくなる。

レイモンドのシャツを駄目にしたことに胸が痛んだが、必要以上に自分を責めなかった。記憶のない今、小さな失敗を気にしていたら何もできない。

「アシュー！」

見ると、先ほど女中頭が現れた角からロビンが駆けて来た。何度見ても金色の巻き毛の天使のような男の子だ。

「アシュリー様、こちらにいらっしゃったんですね。もうすぐ旦那様がお戻りですよ」

ネイサンとルーシーを連れて、乳母のオリヴィアが近づいて来る。

抱き上げたロビンからは、小さな子供独特のまろやかな匂いがした。

「ああ、今日は昨日より早いのでしたね。では急ぎましょう」

そうですね、とオリヴィアがたおやかに頷く。レイモンドの帰宅時は皆で出迎えるので、アシュリーを呼びに来たのだ。

「私どももすぐに参ります」

裏口に行く女中頭とメイドを見送り、ロビンを抱いたまま屋敷の正面に足を向けると、すぐにネイサンが話しかけてきた。

「体……もう大丈夫なのか？」

まだ駆けっこはできていない。安心させるように大きく笑った。

「もう大丈夫だよ。起き上がっても問題ないってドクターにもきちんと診断していただいたんだ」

「大丈夫なら、いいけど……」

ネイサンが心から笑うようになるのはいつなのか。この空のように、ネイサンの瞳が早く綺麗に晴れるといい。

子供たちと並んで歩きながら、ベッドから起きる前に決めたことをふたたび自分に言い聞かせた。

過去が失われて困っているという顔だけは、誰の前でも絶対にしない。

一つだけ、それだけは、決してしてはいけない失敗だった。


屋敷の正面口には大きな外階段がある。その前に敷かれた道の両側に、執事、従者、下男、メイドといった面々が、姿勢を正して既にずらりと並んでいた。

集まっているのはおおよそ五十人だが、出迎えにつかない者、たとえば料理長を筆頭とした調理人や、広大な敷地を見回る警邏《けいら》番、庭師などもいるので、屋敷の使用人は総勢百人を超えるという。

アシュリーたちが列の先頭に進むと、向かいに立つアルバートとフィルが頭を下げてきた。

彼らの背後に秋の花々が豊かに咲いている。九月の芝生はまだ青々と輝いており、その中をアシュリーたちが並ぶ道が彼方《かなた》の門まで延びている。

小さく見えるアイアン製の門を門番が開ける。

「皆さん、姿勢はよろしいですか。旦那様のお戻りです」

アルバートが告げるなり、場に心地のよい緊張が走った。

ほどなく、二頭の馬に牽《ひ》かれた馬車が現れ、モザイク模様の石畳を軽快な足音を立てて走って来た。

蛇腹式の幌《ほろ》は上げられていて、駅者《ぎょしゃ》台の向こうにレイモンドの姿が見え隠れしている。

背伸びをしたり、右に左に体を揺らしたりして待っていると、馬車は徐々に歩みを緩め、やがてアシュリーたちの少し先で完全に止まった。

駆者が座席の扉を開き、そこから黒革の長いブーツが現れる。シルクハットを左手で押さえ、テイルコートの長い裾を翻《ひるがえ》し、レイモンドはステッキ片手に馬車からひらりと飛び降りた。

「旦那様、ご無事のお戻り何よりです。何も問題ございませんでしたか？」

ほかの使用人が頭を下げ続ける中、アルバートとフィルだけは一礼のみでレイモンドを迎える。

「ああ、何もなかった。屋敷のほうは？」

レイモンドはアルバートに答えながら、フィルにステッキとシルクハットを渡した。

「何も変わりありません」

「それはよかった」

アルバートの背丈は長身のレイモンドより僅《わず》かに低いくらいで、フィルに至っては二人よりも更にりんご一つ分大きい。

美丈夫の三人が一堂に会しているのは壮観で、アシュリーは憧れの眼差しで三人を、特にレイモンドをじっと見つめた。

「アシュリー、具合はどうだ？」

レイモンドに話しかけられ、頰が上気する。恩人に対する敬意は日に日に増すばかりだ。

「はい。お蔭《かげ》様で昨日よりも元気になりました。すみません、洗濯に失敗してレイ様のシャツを一枚駄目にしてしまいました」

ロビンを抱いたまま頭を下げたアシュリーの元に、レイモンドがやって来る。

「おとーたま」

そして、小さな手をいっぱいに伸ばしたロビンを抱き上げると、レイモンドは苦笑しながらアシュリーのことを見下ろした。

「何度も言うが、君が屋敷の仕事をする必要はない。だがそれほど元気になったのならよかった。どうだろう、これから子供たちと裏の丘に行くんだが、君も行くか？」

行動範囲が広がるのは元気になった証《あかし》のようで嬉《うれ》しい。

「はい！　ぜひ！」

即答すると、レイモンドが笑みを深めた。

レイモンドとロビンが使用人の間を抜けて行き、子供二人の手を引いてアシュリーがついて行くと、その後ろにオリヴィア、アルバート、フィルが続く。

「それでは私はこれにて。ミスター・オルブライト、あとは頼みましたよ」

屋敷に入り、早々に告げたアルバートに、フィルは丁寧に頭を下げた。

「お任せください。ミスター・メイネル」

執事であるアルバートは、屋敷に勤める使用人の頂点に立つ人だ。屋敷の管理と人事を担っているので、一部の例外を除いて彼に逆らえる者はいない。

もっとも、麗美な執事は使用人たちから慕われているようで、十歳ほど歳が違うのだろう青年フィルの、アルバートを見る目の中にも素直な敬意が浮かんでいる。

「フィル、このまま行く。馬車と馬の用意をしてくれ」

アルバートが去ったあと、命じられたフィルは、アシュリーを一瞬見てから答えた。

「馬車は既に整っておりますが、馬は何頭用意いたしますか？」

レイモンドが昨日より早く帰って来たのは、事前に丘に行くことが決まっていたからだろう。直前までアシュリーに声をかけなかったのは、体調を気遣っていたからだと察せられた。

そうだな、と今度はレイモンドがアシュリーを見た。

「私はロビンと馬に乗るが、君は馬車と馬のどちらに乗りたい？」

アシュリーが答える前に、レイモンドの腕の中でロビンが声を上げた。

「おうま、おうまさんのる？」

「ああ、そうだ。ロビンが三歳になったら一緒に馬に乗ると約束していただろう？」

可愛らしく手を叩《たた》くロビンにつられ、アシュリーも昂揚《こうよう》した。

自分が馬に乗れるのか分からないが、ロビンが一緒ならばゆっくり走るだろう。折よく穿《は》いているのは乗馬に適した膝丈のブリーチズで、靴はブーツではなく履き口の広いコートシューズだが、踵《かかと》が低いので問題ないと思う。

「もしご迷惑でなければ馬に乗ってみたいです」

馬は好きだし触ってみたい。緊張とともに伝えた願いは嬉しそうな頷きに受け止められた。

レイモンドはフィルに向き直った。

「二頭頼む。それからお前はアシュリーと――いや、すまない、少し歩くがアシュリーの馬を牽いてくれるか」

「かしこまりました」

大人と子供が一緒に乗るのと、大人二人が乗るのとでは馬への負担が違うのだろう。自分を先導するために歩かせることを申し訳なく思ったが、敢《あ》えて口は挟まなかった。レイモンドは従者に無理難題を押しつけるような人ではない。まだレイモンドを知ってほんの二週間ほどだが、彼が思いやりと慈愛に満ちた人物だというのに疑いはなかった。

オリヴィアとネイサン、ルーシーが乗った馬車の中には、丘で食べるためのアフタヌーンティーセットが用意されていた。

その馬車の脇に、逞《たくま》しい鹿毛の馬と、それより一回り小振りな白と茶色のまだら馬がいる。誰に促されるともなく、アシュリーはまだら馬に近寄り、そっと彼の首に手をかけた。

——僕、知っている。馬に触ったことがある。

馬に触れているうちにそう思っただけで、記憶が戻ったわけではないが、体が受け取る直感を信じようと思った。

現に、医師の見立てに違わずアシュリーは体で学んだ記憶は失っていない。首都の名前（アダマス・シティ）や貨幣の単位（ポンド、シリングほか）、国の歴史なども頭にしっかり残っている。自分に纏《まつ》わることだけを忘れているのだ。

むろん、自分に関わる人や生い立ちのほかに、何を忘れているのか確かめようもないけれど。

「アシュリー、手を」

いつの間にかレイモンドが隣にいて、手袋を嵌めた右手を差し出している。ロビンはフィルの腕の中だ。

「ありがとうございます」

馬に乗るのを手伝ってくれるらしい。フィルに手伝いを命じることもできるはずなのに、レイモンドはいつでもこうして彼自ら労《いたわ》ってくれる。

体調を気遣っているという以前に、アシュリーもレイモンドにとっては子供のうちの一人なのだろう。大人なのにとこそばゆい反面、大事にされているのは素直に嬉しかった。

「大丈夫か？　行けそうか？」

「はい、大丈夫です」

馬上から答えたアシュリーにほっとした顔を見せ、遅れず自分も鹿毛馬に跨《また》がると、レイモンドはフィルからロビンを受け取り自分の前に乗せた。

「では行こう」

「おうま、おうま」

片手でロビンを支え、片手で器用に手綱《たづな》を操り、レイモンドが馬を歩かせ始める。

フィルに手綱を牽かれながらアシュリーもあとに続くと、隣に並んだ馬車からネイサンとルーシーの賑《にぎ》やかな話し声が聞こえてきた。

青い空と緑の丘で二分された世界をレイモンドの背中が歩いて行く。それを見ながら清涼な空気を吸い込むと、まるで自分がなんの問題も抱えていないように思えた。

記憶がないと自覚したとき、自分がこの世に存在していないような、自身が透き通ってしまったかのような心の凍えと恐怖を感じた。

それでもここまで立ち直れたのは、何よりレイモンドが傍にいてくれたからだ。

「さあ、到着だ」

馬を止め、振り向いたレイモンドの笑顔が、思わず瞬《またた》いてしまうほど眩しかった。

屋敷での給仕と同じくアフタヌーンティーの準備はフィルがした。

小高い丘に皆が座れる大きな布が敷かれる。その中心に背の低い円卓を置くと、フィルはレースのテーブルクロスをさあっと風に乗せて広げた。

三段重ねの銀器に盛られたのはスコーンやサンドイッチ、瑞々《みずみず》しいフルーツだ。周りにクロテッドクリームと数種のジャムがたっぷり入れられた陶器、取り皿と磨かれた銀のカトラリーが並べられ、最後に苺柄《いちごがら》のティーカップにお茶が注がれる。

「フィル、お前も座れ」

「失礼いたします」

屋敷での食事の際は、執事がワインをサーブするのを除き、前菜から最後のデザートまでフィルが取り仕切る。しかし今は肩肘張らないピクニックだ。隣に座ったフィルに、アシュリーは気さくに笑いかけた。

「わんわん」

まず子供が、次に大人たちがめいめいに食べ物に手を伸ばして間もなく、レイモンドの腿《もも》にいたロビンがフィルのところに行った。

大きな背中に全身でしがみつき、振り向いたフィルの前髪を「わんわんわんわん」と崩している。

フィルの髪は、言われてみれば屋敷に三匹いるラフコリーと同じ色だった。まっすぐな眉毛と垂れぎみの二重瞼、大きな茶色の虹彩がそう感じさせるのか、顔立ちも優しそうな大型犬を連想させる。

「ロビンはミスター・オルブライトに慣れているのですね」

アシュリーがそう尋ねると、フィルは頷いた。

「アシュリー様、どうぞフィルとお呼びください。私は常々旦那様のお傍におりますし、給仕もいたしますので、ロビン様と接する機会は多くございます」

それから二言三言言葉を交わしたが、フィルは問われた以上のことを話すつもりはないようだった。口数が少ないのは勤務中だからだろう。従者が主人の服から食事に至るまですべてサポートし、影のように尽くす立場だというのもアシュリーの知識にある。

「アシュリー、ものは相談だが」

フィルとの会話が途切れたとき、レイモンドが話しかけてきた。

「もし本当に具合がいいようなら、来週から学習を始めてはどうだろうか」

「学習？」

レイモンドは説明した。

「君は以前……つまり記憶を失くす前も、勉学に励んでいた。ネイサンやルーシーがしているように、屋敷で教師に教わっていたんだ。午後にはダンスや楽器、乗馬のレッスンもある。アフタヌーンティーまでに終わるから負担はそれほどでもないと思うが、どうだろう」

驚きながらも、だからだったのかと腑《ふ》に落ちた。

救貧院でどれだけの教育を受けたのかは覚えていないが、それほど高度な知識が得られていたとは思えない。なのに、みなしごの自分がなぜこうも国の歴史や地理を広範に知っているのかと疑問だったのだが、ようやく合点がいった。

この屋敷に呼んでから、レイモンドはアシュリーの骨ばかりだった知識に肉づけをしてくれたのだ。

「ありがとう、ございます」

睫毛を伏せ、自分は幸せなのだと思いながら礼を述べた。

レイモンドには感謝しかない。記憶を失ったとはいえ、それは不可抗力の事故であり、自分は間違いなく恵まれているのだ。

しかし、充分恵まれていると思うからこそ、そこまでされることに抵抗を覚えた。

「レイ様のお気持ち、とても嬉しいです。でも、勉強以外のことを教えていただくことはできないでしょうか？」

「勉強以外のこと？」

恥を忍んで答えた。

「僕はきっとレイ様やほかの方に助けられて、このお屋敷でたくさんのことを覚えたのだと思います。でも、昨日からお屋敷を歩いて色々やってみているのですが、何もうまくできなくて。ですからお皿洗いか、洗濯か、何かお仕事をいただけるなら僕はそれを覚えたいです」

瞬きをしたレイモンドの正面で、オリヴィアが軽やかに笑った。

「アシュリー様はお優しい方ですね。ですが、旦那様はお皿洗いをさせたくてアシュリー様をこのお屋敷に呼んだのでしょうか。それに、このお屋敷に仕えている者は、皆自分の職務に熟練していて誇りを持っておりますよ」

返す言葉もなく、オリヴィアからレイモンドに目を戻すと、彼も困った顔をしている。

世話になっている分、何か役に立てればと思ったのだが、それを彼が望んでいるかどうかまでは考えなかった。

「あの、僕は、何かレイ様にお礼ができたらと」

「分かっている」

アシュリーの頭にレイモンドの手が伸びてくる。

しかし、柔らかな前髪が風に煽られると、レイモンドはたちどころに手を止めた。

「私は君が……子供たちが、いつかこの屋敷から巣立つときに、しっかりと自分の足で立てるようになっていたらいいと思う」

まるで、アシュリーに伸ばした手を戒めるように、レイモンドは両手を組み合わせて言った。

「このお屋敷から巣立つとき？」

屋敷から出て行く、つまりレイモンドと離れるときということだろうか。

いつともしれないそのときを思い描いただけで、脈が速くなった。

「もちろん子供たちがここにいたいと言うならそれで構わないし、たとえ屋敷から出たとしても私はいつでも帰りを待っている」

アシュリーの不安を消すように、レイモンドが言葉を重ねる。

「だが、私の役目は子供たちが羽ばたく手伝いをすることだ。子供たちを引き取ったのは屋敷の手伝いをさせるためでも、ましてや私の会社を手伝わせるためでもない。人生をのびのびと謳歌《おうか》し、多少なりとも社会の役に立ち、他者を慈しめる者に育ってくれれば……それが何よりだと思っている」

レイモンドが話す間も、ネイサンは食べることに夢中で、ルーシーは屋敷の遥《はる》か先、首都を見ながら歌っている。

「僕は、そんな人物になれるでしょうか」

レイモンドは首肯した。

「なれると見込んだから私は君を引き取った。君はとても聡明な人で、本来であれば私が養わなくとも自力で生きていくことができる。だから、記憶が戻ったら……戻らなくとも、君はいずれ君が望むところに行ける。だがそれは今ではない。私の言っていることは分かるね？」

君は自由なのだとそう言いたいのだろう。恩に着る必要はないと。

これはレイモンドの優しさなのだ。

それが分かり、頷いたものの、胸にかかった靄《もや》は晴れなかった。

ここから出て行きたくないと思うのは、記憶がなくて不安だからだろうか。

「ああ、早く王子様に会いたい！　お父様、私はいつになったら社交界にデビューできるの？」

声のほうを見ると、ルーシーがピンクのドレスをつまんでくるくると回っている。

「ルーシー、以前も伝えたように、我が家は貴族ではないから君を王族の社交界に連れて行くことはできない。私が舞踏会を催したところで、まずは素晴らしいレディにならなければ紳士にも淑女にも見初《みそ》めてもらえないよ？」

会話から、セリーニで同性同士の婚姻が認められるようになったのは二十年前だったと思い出した。それ以前から養子制度が進んでいたので、相続に纏わる社会的な問題は起きていなかったと思う。

考えていると、ルーシーがドレスをつまんだまま小首を傾げた。

「きちんと勉強をしたら王子様が見つけてくれるかしら。お父様が王弟殿下に気に入られたように？」

「……その話はまたにしよう」

声音が沈んだ気がしてレイモンドを見たが、彼の顔つきに変化はない。

レイモンドがこちらに顔を向ける。黒い瞳に見つめられて頬にふっと熱が灯《とも》った。

レイモンドは内面も外見も研磨された黒曜石のようだ。装飾品にもナイフにもなる、流紋が美しい火山から生まれた硝子石《ガラスいし》。きっと王弟殿下も数ある宝石の中からレイモンドを見つけたのだろう。

そこまで考えてふと思った。君主に関しての記憶はあるが、王弟殿下のことはさっぱり覚えていない。

が、これは忘れてしまったのではなく、おそらく最初から知らなかったのだろう。

「アシュリー？　どうかしたか？」

レイモンドが尋ねてくる。熱を散らすように頬をこすり、伝えていなかった答えを告げた。

「あ……すみません、学習の件ですが、ぜひそうできたらと思って」

迷ったものの、レイモンドの話を聞き、彼の厚意を受け入れることが最善だと結論づけた。知識は少しでも多いほうがいい。いつかここから出て行くなら尚更《なおさら》のこと。

今日は九月二十二日の金曜日だ。

もし月曜から勉強できるなら、そのときに王弟のことも教えてもらえばいい。

「よかった。では屋敷に戻ったら早速手配をしよう」

レイモンドが微笑んでくれて、心の中にもそよ風が吹く。

「本当によかった。君が……そうやって笑っているのが見たかった」

アシュリーが笑い返すと、彼は更に目を細めた。


現在セリーニ王国を治めているのはイザベル二世。

アシュリーより若い十八歳の女王で、今年の六月に即位した。

嫡出子《ちゃくしゅつし》、非嫡出子合わせて女王には三人の弟と二人の妹がいる。

本人に訊かなければ確かめようもないが、レイモンドを気に入ったのは唯一の嫡出男子、十七歳のライアンではないかと、授業で聞いた名前を思い出しながら考えた。

——気に入られたって、どういう意味だろう。

先週の金曜日、ルーシーから聞いたときはすんなり受け入れられたのに、振り返ってみるとその意味するところが妙に気になって仕方がない。

二人はどこで知り合ったのだろう。王族と接点を持つには相応の身分なり勲功なりが必要なように思うが、レイモンドは貴族ではないと言っていたから、彼の仕事が関係しているのだろうか。それで王弟殿下が面倒見のいいレイモンドのことを兄のように慕った、というのは充分ありうる話だ。

「アシュリーは？」

物思いに耽《ふけ》っていたところを話しかけられ、慌ててルーシーに顔を向けた。

「ごめんね、ルーシー。何がだろう？」

ダンスのレッスンを含む午後の学習を終え、アシュリーはオリヴィアと子供たちとサンルームで円卓を囲んでいた。給仕をしてくれているフィルは、今日はティーワゴンの隣で直立している。

「もう、アシュリーったら。聞いてなかったの？ あのね、将来は何になりたいかってお話をしていたの。先週お父様が言っていたでしょう？ いつかここから巣立つときが来るって。だからね、私はここから出たらお姫様になりたいの」

レイモンドとアシュリーの話を聞いていないようでしっかり聞いていたのだ。動じていないところを見ると、八歳の少女は「巣立ち」という言葉を前向きに受け止めているのだろう。

「将来か。そうだね」

ガラス越しに陽光を浴び、サンルームには秋薔薇《ばら》の匂いが溢れている。

このままここにいたいと答えるのは、あまりにも大人げないと思った。

「僕は、何か、レイ様のお役に立てるようなことができたらいいと思う」

実際のところ、将来どころか今を生きることで精一杯だったが、この答えもまた本心からのものだった。

どうすればレイモンドに恩を返せるのか、気づけば彼のことばかりを考えている。

「アシュリーも……同じこと考えてたんだな」

アシュリーの正面で、片手にスコーン、片手にバターナイフを持ったネイサンが呟く。彼の表情はまだぎこちなく、視線は手元の平皿に落ちていた。

「僕も、ってことは、ネイサンも同じなの？」

努めて柔らかに訊くと、ネイサンが顔を上げる。ためらいがちに、けれどはっきりと頷きが返ってきた。

「ん。僕はお父様の仕事を手伝って、それでいつかお父様と同じ鉄道王になるんだ」

「鉄道……王？」

レイモンドが鉄道会社を経営していることは聞いている。屋敷の規模からして社会的地位の高い人だろうとは思っていたが、「王」と呼ばれるほどなのだろうか。

繰り返したアシュリーに、ネイサンは瞳を輝かせた。

「そう、お父様はこのセリーニの鉄道王なんだ。鉄道会社をやってる人はほかにもいるけど、お父様くらい大きな会社を持っている人はいない。会社にはたくさん社員がいるし、お父様が作った鉄道はセリーニ中に延びている。俺はいつかお父様と一緒に海の向こうまで鉄道を敷くんだ」

身を乗り出して話すネイサンは生き生きとしていて、心からレイモンドを尊敬しているのが伝わってきた。

レイモンドは父親の見本のような人だ。もっとレイモンドのことを聞きたいと思っていると、オリヴィアが口にナプキンを当てて軽く咳払《せきばら》いをした。

「ネイサン、お行儀が悪いですよ。姿勢をきちんとなさい。それと、紳士は常に言葉遣いを美しく保つこと。よろしいですか？」

窘めていても表情や声から愛が感じられる。彼女もまた乳母の見本のような人だ。

「うん……はい。気をつけます」

拗《す》ねることなく返してから、ネイサンがちらりと上目でアシュリーを見てくる。

叱られちゃったね、という気持ちで微笑むと、ネイサンもくすぐったそうに頬を崩した。

「ロビンは？　ロビンは大きくなったらなんになりたい？」

ルーシーは三歳児からも答えを引き出したいようだ。

分かるかなと案じたアシュリーをよそに、ロビンはチェリー色の唇から綺麗な歯粒を見せて笑った。

「ロビー、ことりさんになりたい！」

皆の口から朗らかな笑いが零れる。

「小鳥さんか、そりゃいいや！」

「ロビンは可愛いひよこって感じね」

子供たちの元気な声に驚いたように、外の木立から小鳥たちが一斉に羽ばたいて行く。

「いつか巣立っていく」というレイモンドの言葉をロビンは理解していなかっただろう。

けれど、ロビンにもまた、ここから飛び立って行く強さが具《そな》わっているのだ。

「僕もロビンと一緒に飛べるようにがんばるよ」

自分も子供たちを見習わなければいけない、そう思いながら口にした。

逞しく飛び立つためには準備がいる。いつかその日を無事に迎えられるように、焦らず、たゆまず、今の自分にできることをやっていこう。

スコーンにかぶりつくロビンを見ながら、アシュリーは気持ちを新たに微笑んだ。

アフタヌーンティーのあとは、レイモンドが帰って来るまで自由時間だとフィルから聞いた。子供たちやオリヴィアと一緒にいてもいい。蔵書室で読書をしても、部屋で横になってもいい。

いったん部屋に戻り、これから何をしようかと考えた。

学習の内容は思っていた以上に高度だった。ついていけないことはないが、初日ということもあり頭も体も疲れている。

十八時までの一時間半、遅い午睡《ごすい》でも取ろうか――。

そんな誘惑に駆られたものの、先刻覚えた興味が胸の中に残っていて、アシュリーは顔を洗って眠気を払うと急いで二階にある執事室に向かった。

レイモンドから何かあればアルバートを訪ねるようにと言われている。不躾かと思いつつ、好奇心を抑えられなかった。

「ミスター・メイネル、いらっしゃいますか？」

ノックをするとすぐさまドアが開いた。

「アシュリー様、どうぞアルバートとお呼びください。いかがなさいましたか？」

「あの、少しお伺いしたいことがあって。今よろしいですか？」

アルバートは「もちろんです」と、白い手袋の指を揃《そろ》えて中に促してくれた。

三壁面が本棚の部屋は小さな蔵書室といった趣《おもむき》だった。しかし、並んでいるのが主にワインの本という点が、ここが執事室であるというのを饒舌《じょうぜつ》に物語っていた。渋みが重ねられた赤みの強いマホガニー材の書き物机のほか、座る者を選ぶような重厚な革張りのソファがある。そしてその二つのソファに挟まれた、屋敷の建材と同じ大きな大理石のセンターテーブル。

神話と哲学の国として名高い異国の神殿を模したファサード、吹き抜けのダンスホール、大階段に至るまで、この屋敷は琥珀色《こはくいろ》と乳白色が混ざった稀少《きしょう》な大理石でできている。

それゆえ、ここは琥珀の館《エレクトロン・ハウス》と呼ばれるのだと、以前屋敷を案内しながらフィルが教えてくれた。

その琥珀色のテーブルを前にして、アシュリーはソファに浅く腰掛けた。

「お茶かコーヒーはいかがですか？」

アルバートの申し出を丁重に断り、早速要件を告げた。

「お茶は皆といただいてきました。実はそのときネイサンがレイ様のことを『鉄道王』と言っていて。レイ様がどんなお仕事をされているのか、もう少し詳しく教えていただけたらと思って来ました」

アルバートは無表情のまま問い返してきた。

「旦那様に直接お尋ねになるのではなく、私のところにいらしたのは何か理由があるのでしょうか」

声に親しみはないが棘《とげ》もない。咎《とが》めているのではなく素朴な疑問だろうと理解し、気負わず答えた。

「直接訊いてもよかったのですが、レイ様はご自身のことを『王』と言うような人ではない気がして」

アルバートは一度アシュリーを見据え、それから慇懃《いんぎん》に頭を下げた。

「ごもっともです。ではすぐに資料をお持ちいたします」

口頭で答えてもらうことを考えていたので、それにはいささか驚いた。レイモンドの仕事は一口では伝えられないもののようだ。

予想が当たり、アルバートが持って来た三冊のスクラップブックには、各々表紙に1、2、3、と壮美な筆跡で記されてあった。

「旦那様についての新聞記事の切り抜きです。おおむね正当な評価ですので、ご参考になるかと思います」

最初の一冊を手に取りながら、アルバートを見上げた。

「ありがとうございます。あの、もし僕がいてお邪魔でなければ、お仕事に戻っていただいて構いません」

読むのに時間がかかるだろう。彼の時間を無駄に奪いたくなかったし、ゆっくり読みたくもあった。

「お気遣いありがとうございます。それでは執務に戻ります。何かございましたらご遠慮なくお声がけください」

アルバートが書き物机に向かうのを見届けてから、逸《はや》る気持ちを抑えて表紙を捲《めく》る。

最初に切り抜かれた記事の日付は、今から五年前の十月二日のものだった。

『――レイモンド・カイ・フェアクロフ氏、新たに鉄道敷設《ふせつ》委員会を設立！――

王立キオン大学卒業後、鉄鋼等の輸出入業で目覚ましい躍進を遂げたフェアクロフ氏が、昨日一日《ついたち》、クローブランドとイーストペッパーズを繋ぐ鉄道敷設事業委員会を設立した。庶民院への第一回法案提出は来週予定されており、開通は早ければ来年末と見込まれている』

鉄道敷設は公共事業のため、議会承認が必要だ。議会の日程や役員名にさっと目を通し、次のページに移った。

『――フェアクロフ氏、待望の鉄道株式会社を設立――

昨年十月、クローブランドとイーストペッパーズを繋ぐ鉄道（仮称：クローブペッパーズ鉄道）事業委員会を発足させたレイモンド・カイ・フェアクロフ氏が、一月十二日に議会の承認を受け、新たに『フェアクロフ鉄道株式会社』を設立した。出資者兼共同経営者はブラックモア伯爵家長子、セントイデア子爵ジョン・ブラックモア卿、並びに……』

思わず声を上げそうになった。ジョンという名前は記憶にないが、ブラックモア家は王家にゆかりのあるセリーニ屈指の名門貴族だった。

貴族は金儲《もう》けという「下賤《げせん》なもの」に手を出すべきではないとする時代もあったが、今は先見の明のある貴族ほど積極的に会社経営に乗り出している。ジョンもそういった才覚ある者の一人なのだろう。レイモンドはもしかしたらジョンを通して王弟と知り合ったのかもしれない。

貪るように先を読むと、線路の敷設に加え、レイモンドが学校や病院、教会に多額の寄付をしていることも分かった。

クローブペッパーズ鉄道が開通した記事で一冊目を終え、興奮したまま二冊目を開く。

二冊目の記事は三年前――レイモンドが子供たちを引き取った年から始まっていた。

レイモンドの華々しい活躍は終わらず、読み進めるごとに胸が高鳴っていく。

そして、その興奮が最高潮に達したのはスクラップブックの中ほどで、目に飛び込んできたひとときわ大きな見出しに、アシュリーは人目も忘れて大きく体を前のめりにさせた。

――これだ。

その年の夏、レイモンドは三つの鉄道会社を併合し、総距離数一千マイルの線路を管轄する大会社の社長に就任していた。一千マイルは国内の鉄道網の実に四分の一に当たる。

その後、ほかの会社の顧問にも就任したレイモンドは、各紙から二十七歳にして『若き鉄道王』と称賛されていた。

以降、ページを繰《く》っても繰っても必ずどこかに『鉄道王』という文字が出てくる。

有能で、清廉で、誠実。

これではネイサンが誇りに思うのも当然だと、レイモンドが社交界――しかも王族主催の舞踏会――にデビューしたときの写真を見ながら嘆息した。

指先が、ひとりでにレイモンドの胸元に落ちる。微かに感じたインクのざらつきに、指先だけではなく胸の内側までぴりりと痺《しび》れる。

自分の中のレイモンドが、「憧れの保護者」から「実業家レイモンド・カイ・フェアクロフ」に変わっていくのが感じられた。

「失礼いたします」

声に続けてティーカップが置かれ、我に返った。

「ありがとうございます。すみません、僕、全然気づかなくて。お茶を淹《い》れてきてくださったのですか？」

執事室に湯を沸かせるような設備はない。

彼が出入りしたのも分からないくらい集中していたのかと思うと、急に恥ずかしくなった。

「ミスター・オルブライトに頼んで持って来てもらっただけです。旦那様がいらっしゃらない間は多少の用事は頼めますので」

それでもドアの開け閉めはしたはずだ。

再度礼を述べたアシュリーに、アルバートは軽く頭を下げた。

「よろしければお召し上がりください。それでは執務に戻ります」

つくづく言動に無駄のない人だ。ともするとそれが素っ気なく感じられることもあるが、彼の行動の根底には押しつけがましくない思いやりがある。

その彼の背中を見ながらカップを持ち上げると、淡い百合の香りがした。子供たちと飲むものとは違う、凜《りん》とした匂い。

茶を一口だけ含み、清々《すがすが》しい気分でカップを置く。

しかし、せっかくのその気分も、改めてページを捲るなり霧散した。

「なんですか、この記事は」

急いで全文に目を通し、脇に戻って来たアルバートに開いたページを見せる。

「ああ、これですか。ゴシップ記事ですからお気になさらず。飛ばしていただいて問題ありません」

彼は言葉を裏づけるように少しも動じていない。だがゴシップと聞いてほっとしたものの、アシュリーは顔をしかめずにはいられなかった。

「それならいいですが、でもゴシップならなぜわざわざ残しているのですか？　こんな、レイ様を貶《おとし》めるような記事を」

新聞ではなく、それは『キック』という雑誌からの切り抜きだった。知らない雑誌だが、とても真っ当とは思えない。

『鉄道王レイモンド・カイ・フェアクロフの裏の顔！』

そんな見出しで始まった記事には、レイモンドが首都の土地欲しさに救貧院を閉院に追い込んだと書かれてあった。

『欲しいもののためなら手段を選ばない卑劣な男』

『事実である証拠に救貧院があった場所はフェアクロフ名義になっている』

『偽善者面した世紀の大ぼら吹き』

書かれたのがもしも自分だったらこんな記事は見たくもない。

「残している理由は三つあります」

彼の行動には思いやりがあると思ったばかりだ。アルバートの行為が理解できずにいると、卑俗な記事に似つかわしくない典雅な声が聞こえてきた。

「三つ？」

アルバートは頷いた。

「はい。一つ目は、その記事を書いた者の名前を忘れないためです」

確認すると記事の最後に『ボブ・ゴートン』と記されてある。これが記者の名前なのだろう。

「二つ目は記憶を捻《ね》じ曲げないためです」

とアルバートは間を置かずに続けた。

「記憶を捻じ曲げないため？」

随分難解な言葉だ。アルバートは瞬きの少ない彫像めいた目で見下ろしながら答えた。

「同態復讐法に則《のっと》るためです。『やられたらやり返せ』と誤解されがちですが、あれは『やられた以上のものを取ってはいけない』という戒め、復讐のやりすぎを禁じるためのものですから」

復讐。

物騒な言葉にひるんだが、彼の言いたいことが徐々に分かってくる。頷いて先を促した。

「目を取られたら相手の目だけではなく鼻を、命を奪ってやりたいと思う人間が多いのです。多いからこそ戒めを作って残さなければならなかった。この記事はいわば私――フェアクロフ家に属する者が法規を犯さないためのものです。旦那様はこの記事を捨て置きましたので何も起こっておりませんが」

アルバートはゆっくりと瞬きをした。

「必要なときには、きちんと奪われた分だけいただく準備がございます」

声から揺らがぬ決意が伝わってくる。平然として見えても彼は怒っていないわけではないのだ。

この記事によってレイモンドが受けた害がどんなものだったか、どの程度だったか、考えようとすると寒気がしてくる。

「三つ目ですが」

アシュリーの動揺を知ってか知らずか、抑揚《よくよう》なく告げたアルバートの次の言葉に、それまで以上の衝撃を受けた。

「その記事の中に、幾つか真実が含まれているからです。旦那様が救貧院を閉院させ、そこにいらっしゃったネイサン様、ルーシー様、ロビン様を引き取ったこと、また、閉院後にその土地を買収されたことは事実です」

どう解釈すればいいのか分からず、ぽかんと口を開けてしまう。

レイモンドに対する悪口雑言《あっこうぞうごん》を除けば、記事に書かれているのはほぼそれだけなのだ。

レイモンドはそれほどその土地が欲しかったのだろうか？

「そん、な……僕はこんな記事信じません」

それとも子供たちが欲しかったのだろうか？

アルバートはまた瞬きをした。

「それはアシュリー様のご自由です。ですが、付け加えるなら『そのこと』を記事にしたのは残念ながらその記者だけだったのです。ですから、主にその理由から私はそれを——唾棄《だき》に値する滑稽《こっけい》雑誌の記事を——取っておかないわけにはいかなかったのです」

「残念ながら」と言ったアルバートの心情が読めない。

まるで「もっと記事にされるべきだったのに」とでも言いたげだ。

疑問は拭えなかったが、これ以上追及しても謎が深まるだけの気がした。

急いでページを繰り、レイモンドの成功ばかり綴《つづ》られている三冊目も手早く読み終える。

記事は二年前で終わってしまっていたが、アシュリーは立ち上がりながらアルバートに問いかけた。

「この続きは……昨年以降のものもあるのでしょうか」

もうそろそろレイモンドが帰って来る時間だ。

続きがあるなら後日読みに来ようと思ったが、アルバートは首を振った。

「申し訳ございません。職務が立て込んでおりまして、まだ作成しておりません」

「そうですか。あ、でも大丈夫です。充分レイ様の素晴らしさは分かりましたので」

執事は忙しい。新聞を切り抜いてばかりもいられないだろう。

ドアまで見送ってくれたアルバートに向き直り、深々と頭を下げた。

「本当にありがとうございます。お忙しいところお邪魔してすみませんでした。それと、僕は」

唇を結んでアルバートを見上げる。あんな記事は真に受けていないと、そんな気持ちを瞳に込めた。

「僕はレイ様を尊敬しています」

アルバートは表情を変えない。

落ち着き払った声が、精妙な唇から零れた。

「私も尊敬しております」


ピアノとヴァイオリンの豊かな音色がダンスホールに響いている。

放射状に敷かれた光るタイルの上を、レイモンドとアシュリー、ネイサンとルーシーは、それぞれ相手の手を取り音に合わせて踊っていた。

ピアノの隣にはロビンを抱いたオリヴィアが座っており、ダンスをする者たちを見守っている。昼寝から目覚めたばかりのロビンは目をぱっちり開けていて、時折ピアノの鍵盤を押しては手を叩いて喜んでいた。

「一、二、三、一、二、三……そうだ、うまいぞ」

間近でレイモンドに微笑まれ、胸がどきりと跳ねる。彼の顔の向こうにステンドグラスの天使が羽に光を透かして舞っている。

「ありがとうございます。でも、レイ様がうまくリードしてくださるからです」

レイモンドに取られた右手から、支えられた腰から彼の熱が伝わってくる。もう半時間も一緒に踊っているのに、急に気恥ずかしさを感じ、アシュリーは視線をレイモンドの胸に落とした。

レイモンドが「ダンスのレッスンの成果を見せてもらおう」と言ったのは、今日の朝食時だ。

成果と言いつつ、それが遊戯の延長なのは子供たちの表情から分かったが、午後になり、自身が実際の舞踏会さながらの格好に着替えさせられて初めて、アシュリーは子供たちがはしゃいでいた本当の理由に気がついた。

ビーズが輝くドレスを纏い、ルーシーは本当にお城の中のお姫様だ。正装である白いウエストコートに青いテイルコート、白いブリーチズに薄手の長靴下を履き、ネイサンもまさしく小さな王子様、言うなればレイモンドのミニチュアみたいに見える。

いつもより華やかな皆の衣装。鼓膜を震わせる音の共鳴。中々動悸《どうき》がやまないのは、何もダンスのせいばかりではないだろう。

レイモンドから絶えず香ってくる爽やかな匂いにすら頬が火照《ほて》る。

「上手なのは君が熱心に練習したからだろう？　色々と大変だったのに……よくがんばったな。アシュリー、だが決して無理をしてはいけない。君はもう充分やっているんだから、大変なときにまで笑う必要はないんだ」

秘めごとのように囁《ささや》かれて、耳まで熱くなると同時に鼻の奥がつんとなる。

記憶を失くしてからもうすぐ一箇月。隠しているつもりでも混乱を隠し切れていなかったのだろう。懸命に笑おうとしていることも、できることを必死にやろうとしていることも、全部彼は見ていてくれたのだと思うと、嬉しいのに不意に泣きたいような気持ちになった。

彼に近づく心と同じように、体がレイモンドに吸い寄せられていく。

楽器の音色が緩やかに変わったのに乗じ、レイモンドの胸に頬をそっと押し当てた。

だがそれも長くは続かなかった。

「アシュリー……」

はっとして見上げると、レイモンドは困惑したような、どこか痛むような顔をしている。

「レイ様、すみま……」

いきなりもたれかかるなんて無礼の極みだ。

馴《な》れ馴れしい真似《まね》をしたことが申し訳なく、急いで謝罪したが、しかし突如聞こえてきた音に、吸い込まれるように言葉が途切れた。

――なんだろう、この音。金属がこすれるみたいな……。

音はレイモンドの胸からしている。耳を澄ませてみれば彼が踊るのに合わせて何かが絶え間なく音を立てている。

硬質なのに繊細な何か。懐中時計は腰に挟んであるし、鍵か鎖だろうか。

ホールの扉が開けられたのは、この音はなんなのかと訊こうとしたときだった。

「旦那様、恐れ入ります」

入って来たフィルが扉を閉めて頭を下げる。アシュリーの手を離すと、レイモンドは忠実なしもべを傍らに呼び寄せた。

「セントイデア子爵がお見えです。庭の薔薇をご覧になっていましたが、すぐにこちらに来られるとのことでした」

見る間にレイモンドの眉間に皺が寄る。

「失敗した。次からは門で待たせてくれ」

「申し訳ございません」

焦った様子で詫《わ》びるフィルに、レイモンドは首を振った。

「お前のせいじゃない。私の伝達ミスだ」

気鬱《きうつ》を露《あら》わにした二人を交互に見る。やりとりから、普段「セントイデア子爵」が自由に屋敷に出入りできる人物だと分かったが、アシュリーはその人の顔をぱっと思い浮かべることができなかった。

しかし、どこかで名前を見たことがあると思っていると、大きな音を立てて扉が開いた。

「レイモンド、よりによってその小僧っ子と舞踏会とは！　随分優雅だな！」

アシュリーより僅かに背が高い紳士がずかずかと遠慮なくホールに入って来る。

「ジョン、日曜にいったい何をしに来たんだ」

いささか棘のある声でレイモンドは言うと、さりげなくアシュリーを自分の背後に庇《かば》った。

アシュリーはレイモンドの蔭から顔を出し、こちらに向かって来るジョンと呼ばれたセントイデア子爵を窺った。

一見レイモンドより年上に見えるが、肌の感じからすると同じ年くらいか。撫でつけた黒髪は真ん中で分けられていて、唇の上の髭《ひげ》は対のスプーンのように緩くうねっていた。その下で曲げられている唇が不健康そうなのに比べ、丸い頬は健康そのものに赤く艶々《つやつや》と輝いている。

絵本の中の服を着た卵を思い出させる、おなか周りの大きな男性。

思い出すのに時間はかからなかった。彼の名前を見たのは新聞記事でだ。

これがブラックモア伯爵家の長子で、レイモンドの共同経営者。

レイモンドから一歩下がったフィルに代わり、ジョンがレイモンドの前に立つ。

青い瞳にじろっと睨《にら》まれ、体が勝手に硬直した。

「やれやれ、レイモンドもレイモンドだが、君もだいぶ図太いな。どうだ？　その様子なら我々に協力する気になったんだろうな？」

「ジョン！」

温かだった空気が一気に冷ややかなものに変わる。だが、それよりもジョンの言葉が気になり、何度も忙《せわ》しなく瞬いた。

——協力？　なんのこと？　僕はこの人と何か関係があった？

ジョンと会った記憶はないが、「小僧っ子」と揶揄《やゆ》したくらいだ。何かしらの関わりがあって、だから自分は彼を忘れているのだろうか。

「あのっ、僕は……頭を打って、記憶がなくて」

レイモンドの後ろから出て、思い切ってジョンと向き合う。

こちらに好意がないのは分かったが、それならなぜそう思っているのか知りたかった。

「アシュ……」

ジョンは大きく目を見開いている。背後からレイモンドに肩を掴まれたが先を続けた。

「ですから、自分の過去だけではなく、レイ様やブラックモア卿のことも……申し訳ありませんが覚えていません。でも以前何か失礼をしたのであれば謝りますし、もし僕にできることがあるならしたいと思います。レイ様のお役に立つことなら喜んでしますので、教えていただけませんか？」

この数週間というもの、レイモンドはアシュリーが元気になることだけを望んでくれた。たとえレイモンドに尋ねたところで「何もしなくていい」と言われるだろう。

レイモンドのために何かできることがあるなら、したいと心の底から思う。

「アシュリー……」

かけられたレイモンドの声が沈んで聞こえる。もしかしたら思う以上に難題を持ちかけられるのかもしれない。

しかし、予想に反してジョンは突然にやっと笑うと、アシュリーを押しのけ手にしていた大判の封筒でレイモンドの胸を叩いた。

「記憶がない！　なるほどなるほど。そういうことであれば私が出る幕もなかったな。小僧っ子のことは君に任せるとして、さて、レイモンド、話は二つだ。まずライアン殿下が『呼んでもレイモンドが来ない』とご立腹だったぞ。あのわがまま殿下にも困ったものだが……我々にとってもなくてはならない人だ。あまり機嫌を損ねるな。それともう一つ。どちらかといえばこちらが本題だが、君にいい見合い話を持って来てやった」

──お見合い？　レイ様に？

言うなりジョンが封筒を開け、中から取り出した写真をレイモンドに突きつける。

なんの前触れもなく胸が痛んだのは、図らずも髪を結い上げた少女──そう、少女だ。まだ十五歳くらいなのではないか──の顔が見えてしまったときだった。

胸を握り潰されるような激しい痛みではない。でも、何か得体の知れない思いが小さな針となって胸を苛《さいな》んでくる。

「殿下には連絡を入れる。だが見合いはしないと何度も言ったはずだ。大体まだ子供じゃないか。私は子供に興味はない」

憮然《ぶぜん》とした顔で写真を突き返したレイモンドにほっとしたのも束の間、今度は彼の言葉にうろたえてしまい、そんな自分に困惑した。

様々な理由で年若い伴侶を迎える人がいるが、彼は子供には興味がない。

ただそれだけのことなのに、なぜ自分は気落ちしているのだろう。

「まあそう言うな。確かにまだ十四だがメアリは伯爵令嬢だぞ。私の親戚筋でもこれ以上の良縁はない。叔父上も君にならば便宜を図らんでもないとたいそう乗り気だ。いいか、レイモンド、君もさっさと身を固めろ。そうすれば屋敷のあれこれを案ずることなく仕事に打ち込める」

レイモンドが深い溜息をつく。彼が何事かを言い返す前に、ジョンが「おっと」と胸を反らした。

「ジョンおじさん、お父様のこと困らせないで」

ジョンの上着の背中を握ってネイサンが言う。隣に並んだルーシーも、鳶色《とびいろ》の瞳でひたとジョンを見上げている。

意外にも、ジョンは慣れた様子でネイサンの頭に手を置いた。

「ネイサン、私は君たちの父を困らせているわけではない。君たちにも甘えられる相手ができたらいいと……まあちと若いが、できたらいいと思ってのことだ」

「甘えられる人ならいるから大丈夫です」と子供二人はレイモンドを見上げたあと、ピアノの隣にいるオリヴィアを振り返った。

オリヴィアが微笑むのを見て、ジョンが鼻から息を出す。

「やれやれ、子供には敵《かな》わんな。だがな、レイモンド、見合いはしてもらうぞ」

レイモンドはかぶりを振り、アシュリーに気遣うような視線を送った。

「これからジョンと仕事の話をする。またアフタヌーンティーで会おう」

一緒に踊ってもらった礼も言えず、ただ頷く。なぜなのか、踊っているときはあんなに楽しかったのに、今は胸に重い靄がかかっている。

レイモンドとジョンがホールから出て行く。

アシュリーもフィルに促され、無言のまま部屋に戻った。


レイモンドが結婚をしたら、自分はここから出て行かなくてはいけないのかもしれない。

あれから三日、アシュリーは悶々《もんもん》と考えた挙句、レイモンドの見合い話を聞いて胸が痛んだのはそういう不安からだったのだろうと結論づけた。

ベッドの上で寝返りを打ち、彼の顔を思い浮かべるとまた胸が苦しくなる。

以前、レイモンドはアシュリーを「投資」のために引き取ったと言っていた。未来に期待しているという意味だろうが、つまりは一生屋敷に置くつもりはないということだ。

自分がここから出て行く「いつか」がレイモンドの結婚のときなのかもしれない。ネイサンたちのような子供ではない自分は、一刻も早く期待に応えて独り立ちをしなければいけないのだ。

——記憶が……あったらな。

日中は考えないようにしているが、一人になるとどうしても思ってしまう。

以前の自分は何を考えていたのだろう。今の自分と同じように、ここから出て行くことに不安を感じていたのだろうか。それとも早く恩を返せるようにと、意気揚々と未来を夢見ていたのだろうか。

——それに、協力って……。

ジョンに言われたことも頭に残っている。日記か何かがあればと思ったが、そういったものは一切なく、どれだけ過去を思い出そうとしてもやはり何も思い出せなかった。

「我々」と言っていたからにはレイモンドの仕事に関することだろう。でも、孤児の自分がいったいどんな形で彼らに協力できるというのか。しかも今の自分はレイモンドのためならなんでもしたいと思っているのに、まるでジョンはこちらが協力するのを拒んでいたかのように言っていた。

天井を見上げ、深呼吸する。ここ数日よく眠れていないせいか、今日の昼間オリヴィアから顔色が悪いと指摘された。

眠らなければいけない。鬱々とした顔をしていたら皆に心配をかけてしまう。

「アシュリー、ちょっといいか」

ノックがされたのはちょうど蠟燭《ろうそく》の火を消そうとしたときで、驚きながらドアに向かった。

「レイ様、なんでしょう？」

ドアを開けて向き合うと、レイモンドはアシュリーの全身と、奥にあるベッドにさっと目を走らせた。たちまちレイモンドの顔が曇り、アシュリーも不安になる。

「すまない、寝ていたのか？　やはり具合が悪いのか？」

レイモンドが潜めた声で訊いてくる。

「え？」

「ここのところ元気がないだろう？　ジョンが失礼な態度を取ったからかと思っていたが、もしかしたら体調がよくないんだろうか？」

浮かぬ顔の理由が心配だと分かり、急いで首を振った。

「大丈夫です。ご心配をおかけしてすみません。少し考えごとをしていただけで……本当になんでもないのです」

無理をしても笑わずにはいられなかった。レイモンドの辛《つら》そうな顔を見ているほうが苦しい。

心配そうな顔のまま、レイモンドがアシュリーの頭に手を伸ばしてくる。

けれど、触れる直前でまた手を止めると、彼はぎこちない動作を取り繕うように言った。

「君はがんばりすぎてしまう人だ。難しいだろうが無理はしないで欲しい。もし疲れているなら学習を休んでもいいし、一日中横になっていても構わない。ああ、それとも明日ドクターを呼ぼうか」

どうやら本格的に体調が悪いと思われてしまったようだ。

このままでは学習を止められてしまうと、先ほど以上に首を振った。

「ドクターに来ていただく必要はありません。体は本当に大丈夫です。あの、反対に何かをしていたほうがいいのです。知らないことを学んでいたほうが、記憶がないことを考えずに済むので」

子供たちの前で弱音は吐けないが、レイモンドに強がっても無駄だろう。こちらがどれだけ不安を隠したところで彼はきっと気づいてしまう。

アシュリーの本音を探るような沈黙が下りる。

知らぬ間に伏せていた睫毛を上げると、レイモンドが優しい瞳でこちらを見ていた。

「アシュリー、今思いついたんだが、本当に体調がいいなら今週末少し出かけないか？」

「お出かけ、ですか？」

信じられないことに、頷くレイモンドを目にした瞬間胸が軽くなる。

「どうだろう？　少し足を延ばして、私のところの蒸気機関車で」

レイモンドと、外出をする。

そう思うと、不安に塗《まみ》れていた心にじわじわと喜びが広がっていった。

「行きたいです、ぜひ」

レイモンドの口に安堵《あんど》したような笑いが刷《は》かれる。

「よかった。それじゃあ日曜までに体調を万全にしておくように。だが決して無理をしてはいけない。具合が悪くなったら当日でもちゃんと言うんだよ?」

「分かりました。絶対に無理はしません。気をつけてよく寝るようにします。あの……どこへ行くのですか?」

逸る気持ちのまま訊くと、彼は楽しそうにまた笑った。

「行くまで内緒だ」

それからレイモンドは夜の挨拶をし、長居することなく去って行った。

スマートな背中を見ながら日曜に思いを馳《は》せると、体が浮き上がるように落ち着かなくなった。


首都、アダマス・シティにあるセンター駅は混み合っていた。

シルクハットを被《かぶ》った紳士、レースの日傘を手にした淑女、学生の集団や、大きな旅行鞄《かばん》を抱えた従者などがひしめいている。

十月頭の日曜なので、季節のよい今を狙って出かける人が多いのだろう。もうしばらくするとセリーニは冬になり、早ければ十二月の初めには雪がちらつく。

「随分並んでいるな」

長蛇の列を作っている切符売り場を見て、傍らの人が言う。

「これは改善しないと」

独り言が好ましく、アシュリーが微笑むと、レイモンドは気まずそうに謝罪した。

「すまない。遊びに来たのに無粋なことを言ってしまって」

「とんでもないです。僕は仕事熱心なレイ様を尊敬しています。あ、もし何かご用事があるなら旅行は別の日にでも……わっ」

そのとき、後ろからぶつかられて前のめりになったが、すぐに伸びてきた腕に腰を抱かれて転ばずに済んだ。

「大丈夫か？」

「……はい。すみません。ありがとうございます」

レイモンドの体温を感じ、つい体を縮める。

彼に触れられたのは一緒に踊ったとき以来だった。

本当に自分はどうしてしまったのだろう。尊敬なのか憧れなのか、レイモンドを近くに感じると動悸が止まらない。

アシュリーの戸惑いをよそに、手があっさりと離れていく。

それからレイモンドは壁際に行くと、アシュリーをベンチに座らせた。

「アシュリー、切符を買って来るから少しここで待っていてくれるか。すまないが事前に買う時間がなかった」

「レイ様でも切符を買われるんですね」

「当然だ。私も出資はしているが、会社の資本は個人のものではないからね。じゃあすぐ戻るからここにいるように。どこにも行ってはいけないよ」

素朴な疑問に律儀に答え、レイモンドがアシュリーのシルクハットを目深に被せ直してから背を向ける。

しばらくの間、人混みに紛れる姿を見ていたが、アシュリーは好奇心の赴くまま駅の中を見回した。

機関車が入るホームは二つあり、乗客車両以外に貨物列車も運行している。

ボーッという蒸気の音をさせて列車が入って来ると、たくさんの人がそこから降り、またたくさんの人がそれに乗って去って行った。

掲示板には香水『アムブロシア』の広告や、オペラ『アイオーン』の上演案内が貼ってある。

何かをねだっているのか、新聞やキャンディの売店前では子供が泣いていたが、切符を手にした人々の顔はおしなべて晴れやかに輝いていた。

天井から吊《つ》るされた国旗。銀に輝く巨大な車輪のモニュメント。

これがレイモンド——鉄道王の仕事。

飽きることなく人や列車が過ぎゆく様を見ていると、まさしくその鉄道王が遠くから切符を掲げてやって来る。

待ちきれずに立ち上がり、片手を振ると誰かが目の前で立ち止まったが、アシュリーは気にせず大きく合図を送り続けた。

「アシュリー？　アシュリーじゃないか！」

が、突然その誰かに声をかけられ手を止めてしまった。

見れば、赤毛の青年が、丸眼鏡を通してアシュリーを真正面から見つめている。

「アシュリー、信じられない。まさかこんなところで会えるなんて。あんなことになって心配してたんだ。でも元気そうでよかった」

青年がアシュリーの全身を見てほっとしたように捲《まく》し立てる。

瞬時に過去の知り合いだと理解したが、圧倒されてしまってすぐに言葉が出なかった。

「でも本当に大丈夫？　何もひどいことをされてない？」

しかも心配してくれているようだが、なんのことだかさっぱり分からない。

逡巡《しゅんじゅん》の末に心を決め、思い切って口を開いた。記憶がないと分かれば余計に心配するだろうが、やむを得ない。

「あの、すみません。僕のお知り合いの方……でしょうか？」

予想に違わず青年は驚愕《きょうがく》したように目を見開き、アシュリーの肩を摑んでそばかすの浮いた鼻先を近づけてきた。

「僕のことが分からないの？　僕だよ。キオン大学で一緒だったクロードだ。アシュリー、君、まさかミスター・フェアクロフに何かされたんじゃ……」

思いがけず出された名前に瞠目《どうもく》してしまう。彼はアシュリーとレイモンドに繫がりがあることを知っているのだ。

いったい自分たちはどんな知り合いなのかと訊こうとしたそのとき、脇から肩を抱かれた。

「レイ様！」

なんの言葉もなくホームに連れて行かれる。クロードと名乗った青年が慌てた様子で追いかけて来た。

「待ってください、ミスター・フェアクロフ！　アシュリーと話を……」

「人違いだ」

歩みを止めずに返した声は、レイモンドのものとは思えないほど冷たかった。

――この人、救貧院にいたときの知り合いかな……。でもキオン大学って？

何度も振り返りながら考えたが、答えは見つからない。

切符を買っていないのか、クロードはホームに入れず、柵の向こうで足踏みしている。

「ミスター・フェアクロフ、お願いです！　アシュリーに優しくしてあげてください！」

腕を引かれ、車両に乗りながら見ると、クロードは目に涙を溜めながら顔を歪めていた。

扉が閉まり、レールを軋ませながら蒸気機関車が走り出す。

車内もホーム同様に混んでいたが、レイモンドが選んだ向かい合わせの四人席には誰もいなかった。

「あの、先ほどの人が、僕のこともレイ様のことも知っているようでしたが……」

向かいで足を組んだレイモンドに問いかけると、まっすぐな視線が返ってくる。

「アシュリー、君は、アルバートから私についての新聞記事を見せてもらったんだろう？」

瞬いたのは予想外の返事に驚いたからで、レイモンドがこちらの行動を把握していたからではなかった。執事は屋敷のあらゆることを主《あるじ》に報告する義務がある。アルバートがそれを怠《おこた》るとは思えない。

「は……い」

「ならば分かると思うが、私はあらゆる人間に声をかけられる。知っている人からも、一面識もない者からも」

レイモンドの声は落ち着いていた。

「私の恥部を知っていると言って、強請《ゆすり》まがいのことをしてくる者もいる。彼は君のことをどこかで聞きつけて、何かしらでっち上げて私を貶めようとしていたのかもしれない」

「そん、な」

咄嗟《とっさ》に目を逸《そ》らしてしまった。レイモンドが嘘をついているとは思わなかったが、あの青年がそんな悪巧みをしていたようにも思えなかった。

「でも、そんな風には」

「人を騙《だま》すときに相手に分かるように騙す人間はいない。アシュリー、私を見てくれ」

そろそろとレイモンドの瞳を見る。彼の瞳は澄み切っていて、心を覗かれることを恐れていない人の目だと思った。

「怖がらせると思って言わなかったが、私が最も恐れていることが何か分かるか？」

無言で首を振る。レイモンドは声を潜めて続けた。

「君を含めて、私が引き取った子供たちが誘拐されることだ。万が一そんなことが起こったら金は幾らでも出すが、でも、もし取り返しのつかない何かがあったらと思うと……私は正気を失いそうになる。そして、残念なことに、それはまったくありえない話ではないんだ」

実際に事件が起こったわけではないのに、彼の顔からは激しい苦痛が感じられた。

レイモンドの痛みは間違いなく本物だ。彼は身のうちを切り裂きこちらに本心を曝《さら》している。

「アシュリー、私はあの男のことを知らない。本当だ。大丈夫だと思って君を一人にした私がいけなかった。せっかくの旅なのに……怖い思いをさせてすまない」

シルクハットを取ったレイモンドに謝られ、焦って何度も首を振る。あれほど冷たい声を出したのは心配からだったのだと思うと、ありがたさと申し訳なさに胸が苦しくなった。こちらが知らないところで彼はどれだけ心を砕いてきたのだろう。

「謝らないでください。僕なら大丈夫です。少し驚いただけで怖いことはなかったので。でも、レイ様の置かれている状況やお気持ちはよく分かりました。これから外出するときには気をつけます」

安心させるために笑うと、ようやくレイモンドは微笑んでくれた。

それにしても、自分はどれだけ危機感がなかったのか。

――そうだ。レイ様の言う通り、あの男は僕を騙して何か悪いことをしようとしていたのかもしれない。たとえばレイ様を中傷する記事を書くとか。

そう思った途端怒りが込み上げてくる。思えば「アシュリーに優しくしてくれ」なんて、本当にレイモンドの知り合いならそんなおかしなことは言わないはずだ。

レイモンドはこんなにも、言葉にできないくらい優しいのに。

レイモンドを見ると、問うように首を傾げられる。

「せっかくの旅」なのは彼も同じに違いない。

不快なことを考えるのはもうやめようと、アシュリーは即座に気持ちを切り替えた。

車窓の景色が首都から郊外へ、郊外から田園地帯へと変わっていく。機関車はレイモンドの屋敷とは反対方向、北の内陸へと向かっていた。

「レイ様はどうして鉄道事業をされようと思ったのですか？」

丘陵《きゅうりょう》には収穫を待つばかりの金色の小麦が輝いている。ほどなく遠方に葉を赤くした木々や湖が現れて、瞳と心を潤した。

「鉄道事業に携わろうとしたのは、そうだな。なんにせよ資金を動かすなら大きなことをやりたかったからかな。リスクは大きいがリターンも大きい。輸入で鉄の動きを見ていたから勝算もあった」

勉強はしているが、アシュリーは経営学に明るくない。のみならず、リスクを取ってでもハイリターンの勝負をする才気はアシュリーにはないものだ。

大きな事業をする人は頭の動きが違うのだろうか、そんなことを思っていると、ふと嫌な記事が頭に浮かんだ。

敢えて話を持ち出したのは、レイモンドにあの記事を否定して欲しかったからかもしれない。

「あの、レイ様の業績を記事で見て、とても感動しました。レイ様くらい成功されている方だと、色々な経営のやり方があるのだろうと思います。でも、だからこそレイ様を妬《ねた》んだり悪く言ったりする人がいるのですよね。僕、あの記事を思い出すと今でも悔しくて」

「私を悪く言った記事？」

覚えていないのだろうか。あんなひどい記事を。

「三年前のキックという雑誌の記事です。レイ様のこと、『欲しいもののためなら手段を選ばない卑劣な男』と」

記憶を探るように視線を巡らせたのち、レイモンドは快活に笑った。

「ああ、それか。それはあながち嘘ではないな。それが目的ではなかったんだが、結果的に救貧院の土地を手に入れたのは事業拡大のためだからね」

唖然《あぜん》としてしまったのは、その答えをまったく予期していなかったからだ。

「レイ様はそれほどお金が欲し……いえ、必要なのですか？」

気づいたときには失言してしまっていたが、レイモンドはいよいよおかしそうに噴き出した。

「金が欲しいか、というなら、そうだな。うなるほど欲しい」

「それは……どうしてですか？」

レイモンドはまだ肩を揺らしている。ふたたび問いかけると、彼はくすぐったそうに肩を竦めた。

「いつか機会があったら教えよう。それにしても君は本当にまっすぐだな」

「まっすぐ？」

レイモンドが目を細める。彼はこれまでにも幾度かこういう瞳でアシュリーを見てきたことがあった。

遠くを見ているようにも思えるその瞳は、多分、過去のアシュリーを見ていたのだと思う。

「濁りがないということだ。記憶がなくとも君は何も変わっていない。アシュリー、まっすぐな心は誰もが持っているわけじゃない。それは君の美点だよ」

「……ありがとう、ございます」

照れくさかったが、それ以上に「何も変わっていない」と言われたことが嬉しく、アシュリーは礼を言った。

「早く記憶が戻るといい」と、レイモンドは決して急かさない。

欠損のある今の自分でもいいのだと言われているようで、彼といると安らいだ。

「そうだな……君が素直に話してくれたから、私も素直になろうか」

ふと、レイモンドの声音が憂いを帯びる。何を話すつもりなのだろうと思ったが、黙って耳を傾けた。

「マーブルタウン・サウスリヴァー鉄道の開通式を見たのは、私が二十三歳のときだった」

その鉄道の名前は聞き覚えがあった。マーブルタウンは紡績が盛んな一大工業地で、サウスリヴァーはその市に直結する港町だ。内陸のマーブルタウンが製造した製品はサウスリヴァーを介して世界に送られ、またマーブルタウンが必要とする各種材料もサウスリヴァーから運ばれる。

それまで、物資の輸送は主に運河や馬を使って行われていた。だが、冬場は川が凍結するし、荷馬車はお世辞にも速いとは言えない。

全線に蒸気機関を採用し、二都を繋いだ鉄道は、産業に従事する人々に歓喜と発展をもたらした。

更に、マーブルタウン・サウスリヴァー鉄道が人々にもたらした革新がもう一つ。

「そのとき初めて、着飾った人々が機関車に乗っているのを見て衝撃を受けた。ものだけではなく人を大勢運べるということが……信じられなかった」

　アシュリーに鉄道の開通式を見た記憶はない。けれど、貨物輸送しかなかった頃に、初めて乗客輸送を見たレイモンドの興奮は理解できた。

「どうして鉄道事業をしようと思ったのかと訊いたね？」

「はい」

　レイモンドは腿の上のシルクハットを脇に置き、遠くの空を見やった。

「私もまだ若かったから、会えるかも、と思ってしまったんだ」

「は……い」

「鉄道を作って、遥か遠くまで延ばせば、記憶にある黒い瞳の母の国に行けるのではと思ってしまった。私もネイサンたちと……君と同じみなしごだから」

　レイモンドの黒い瞳が、どこまでも広がる青い空を追い続けている。

　セリーニに黒髪の者は多いが、レイモンドのように瞳も真っ黒という者は、いない。

「機関車より先に旅客船を見ていたら海運業をやっていたのかもしれない。だが私が船を見たときには既に鉄道事業が軌道に乗っていたし、母がどうこうという状況でもなくなっていた。その母にしても今ではもう会えないと分かっている。黒髪、黒い瞳というだけで、どこの国の出身かも分からないんだ。髪や目の色も、ごく幼いときの記憶だから私の思い違いかもしれない。だから、アシュリー」

　レイモンドがアシュリーを見て微笑む。三十歳の、大人の男の微笑みだった。

「私がみなしごというのは皆知っているが、母のことは君と私だけの秘密だよ。事業を始めた動機が母に会いたいから、なんて、社長として少々恥ずかしいからね」

綻び一つないレイモンドの胸元を凝視して、首を振る。

目の前にいるのは非の打ちどころのない紳士だった。

「恥ずかしくなんてありません。でも、僕、絶対誰にも言いません」

腿の上で、固く両手を組み合わせる。

今まで、レイモンドは記憶がない自分の心に寄り添ってくれているのだと思っていた。

でも違っていたのだ。

レイモンドは、彼自身の心で、喪失の痛みを知っている。

静かな声で「ありがとう」と言われた瞬間、体中に細かな震えが走った。

胸に起こったこの気持ちがなんなのかは分からない。

でも、無性にレイモンドを抱き締めたくて、どうしようもなくて、アシュリーは自分を抑えるように、列車が目的地に着くまで固く両手を組み続けた。


ロドンス・リトス駅に着いたのは昼前だった。

駅と同じ名前の小さな町は、歴史的建造物保存地区としてセリーニの中でも特に有名で、七百年ほど前の古い町並みがそのままの状態で残されている。剣を持った騎士が活躍していた時代で、町の中心には当時に建てられた城があり、その頃の貴族の子孫が今でも領主として地区一帯を管理しているのだそうだ。

「レイ様はここに来たことがあるのですか？」

「いや、初めてだ。いつか来たいと思っていたから君と来られてよかった。気に入ってもらえたかな？」

「はい！　とても」

彼の顔に列車で見せた憂いは欠片も残っていない。

今は楽しむことが最善だろうと、アシュリーはレイモンドの隣を歩きながら右に左に顔を動かした。

石畳の両側には、白い漆喰《しっくい》壁に黒の梁《はり》が美しい、赤茶色の三角屋根の古風な民家が並んでいる。二階の窓から垂れ下がるアイヴィーや、ドアの前の薔薇、うさぎの形の小さな植栽が可愛らしい。

「あ、鐘の音」

荘厳な鐘の音が東のほうから響いてくる。教会の尖塔《せんとう》にあるセリーニ最古の振り子時計だ。

「お昼だな。予約してあるから席の心配はないが、おなかも減ってきただろう。急ごうか」

「はい」

レイモンドが連れて行ってくれたのは、十人が座れるくらいの瀟洒《しょうしゃ》なレストランだった。

普段は口にしないが、今日はレイモンドに合わせて何かアルコールを頼もうとすると、レイモンドがヒュアキントスという白ワインベースのカクテルを勧めてくれる。

何が入っているのか、カクテルは青みがかった乳白色で、爽やかな葡萄《ぶどう》に混じって仄《ほの》かに花の香りがした。

焼きたてのマフィンが食べすぎてしまうほどおいしい。ベビーリーフに杏子《あんず》を散らしたサラダはハニーマスタードソースのバランスが絶妙だった。口の中でとろける肉と野菜の煮込み料理に言葉を失い、食後のコーヒーと隣国の職人が作った「プチガトー」で幸せになる。

楽園にいるような気分のまま、腹ごなしに町をゆっくり散策した。

最初に入ったのは土産物屋《みやげ》だ。ネイサンにプレイングカードを、ルーシーに髪飾りを、ロビンに絵本を買い、また町を歩く。

この土地出身の劇作家の生家（陰鬱な作風でアシュリーはあまり好きではない）、羽ペンに取って代わりつつある万年筆の店（買おうか、と言われたが値段を見て断った）、個人蒐集家《しゅうしゅうか》の小美術館（素晴らしかった）と、小さな町なりに見どころはたくさんあり、飛ぶように時間が過ぎる。

存分に町を見て回ったあと、果樹園に入り、搾《しぼ》りたてのりんごジュースで渇いた喉を潤した。

椅子に座り、赤い実をつける木々を眺めるレイモンドはゆったりとして見える。

空を仰ぐと、まだ午後四時なのに陽がかなり低くなっていて、アシュリーはつい急かされるようにいつ「行く」のだろうと思ってしまった。

ここまで来て行かないということはないだろう。町はとても魅力的で、これまでに回ったところだけでも来た価値はあるけれど、もしあそこに行かないならそれは紅茶のないアフタヌーンティーみたいなものだ。

アシュリーの視線に気づいてか、レイモンドが苦笑する。

「そんな顔をしなくても、ちゃんと行くから大丈夫だよ」

持っていたグラスを落としそうになった。

「どうして、僕が考えていること……」

レイモンドは睫毛を伏せ、微笑を湛《たた》えたまま言った。

「そうだね。君が……ここへ来るのをとても楽しみにしていたからかな」

それほど顔に出ていたのだろうか。いや、確実に出ていた。

「そう、ですか」

もしロドンス・リトスに来たかっただけなら、これほど恥ずかしくはなかったと思う。

でも、場所が大事だったのではなく、レイモンドと出かけること自体が楽しみだった身としては——気恥ずかしくて俯《うつむ》いてしまった。

レイモンドがジュースの残りを一息に飲む。

そして、彼はステッキを取り上げると、ようやく「行こうか」と立ち上がった。


それは町から馬車で二十分ほど走り続けた平原にあった。

前方に見えるのは橙《だいだいいろ》色に染まった地平線と、全天を覆いつつあるアオハダトンボ色の空だ。

その橙色と蒼色の中に、悠久の昔に誰かが植えた薔薇の花がある。

決して枯れない巨大な花だ。

「薔薇の石《ロドンス・リトス》」という名前の通り、花弁の形に並べられた、失われた言葉が刻み込まれた古代石柱遺跡。

レイモンドは馭者に、遺跡から少し離れたところで馬車を停《と》めさせた。レイモンドとアシュリーが客席から降りたとき、入れ違いにそれまでいた人々が別の馬車に乗って帰って行ったので、今、夕陽を浴びる遺跡の傍にいるのは二人だけだ。

「着きましたね」

「ああ、そうだね。やっと来られた」

レイモンドにいざなわれ、アシュリーは円形に置かれた石柱の内部に足を入れた。円の中にまた円があり、心が赴くままに歩いていると、まるで花芯を探して飛び回る蜜蜂にでもなった気がする。

「なんと書いてあるのでしょうね」

中央に近い石の前で止まり、表面にびっしりと刻み込まれた文字らしきものを指で辿《たど》る。確かこれらは正式には解読されていなかったはずだ。

「本当に……何が書いてあるのだろうね」

隣に来たレイモンドが、アシュリーが触れた文字の横に人差し指を置く。節の目立たない長い指が、窪《くぼ》みをゆっくり撫で下ろす。

「この石柱群は古代の天文観測台だったとも言われているからね。星の名前なのか、方角なのか……ああ、宇宙に向けたメッセージだと言った人もいたね」

「そうですね。あ……そういえば」

あることを思い出したが正しいかどうか分からなかったので、レイモンドに答えを求めた。

「確か宇宙に……どこかの星にいる人に向けた愛のメッセージではなかったですか？　だから以前は単に『古代環状遺跡群』と言っていたのに、そう説かれて以来愛を意味する『薔薇の石』と呼ぶようになったと」

文字をなぞっていたレイモンドの指が止まる。

「そう。星でも方角でもなく、愛の詩だと言った人がいる」

ふと、窪みに指を置いたまま、彼は静かにアシュリーを見下ろした。

「『君を愛している。どれだけ遠くにいても、何が二人を裂いても、私は君を想っている。いつか二人が会えたなら、そのときにはもう二度と君を離さない』」

体が熱くなってくる。レイモンドから瞳を逸らせない。

誰かほかの人の恋文を諳《そら》んじただけなのに、それはまるで彼自身の愛の言葉のように聞こえた。

レイモンドもアシュリーを見たまま何も言わない。

日が暮れていく中、濡《ぬ》れたように光る黒い瞳の隣で、青い星が瞬いた。

「あ……あの……」

おずおずと声をかけると、レイモンドが身じろぎをし、大きく息をついてアシュリーから目を逸らした。

「すまない。余計なことを言ったね」

「……いえ」

こんなに傍にいたら胸の音が聞こえてしまうのではないか。妙な気まずさを感じ、小さく答えると、アシュリーは遺跡から指を離してさりげなくレイモンドと距離を取った。

目の端が光を捉え、石柱の間から見れば、馭者がオイルランプに火を点《つ》けている。いつの間にか、小さな灯火が目を引くほどに暗くなっている。

「わ……」

気まずさに戸惑っていたのは少しの間だった。

「レイ様、見てください」

見上げた空はレイモンドの瞳と同じ色に変わっていて、既にそこには数多《あまた》の星々が振り撒《ま》かれていた。

中天《なかぞら》には白い大河が流れている。石柱から出ると、首を倒して見上げずとも、地平線のすぐ近くで遊ぶように瞬いている星たちが見えた。

「見事だな」

流れ星が落ちていく。星が生きているのが感じられる。

「はい……なんというか、闇の濃さが違う気がします。闇の向こうにまた闇があって、でも、だからこそ星がもっと輝いていて」

レイモンドの屋敷からも星が綺麗に見えるが、ここは闇の濃度が違った。

流れている空気が違う。

ここには幾千年、幾億年の星の息遣いが降り注いでいる。

「闇が濃くないと見えないものがあるのだろうね。ここまで来ないと見えないものが」

レイモンドの横顔が星明かりにうっすらと照らされている。

仄白い光を纏い、寂しげにも感じられる輪郭を見ながら、ふと胸に浮かんできたことを問いかけた。

「レイ様、一つ訊いてもいいですか？」

レイモンドが顔をこちらに向ける。

「私に答えられることなら」

感謝の気持ちを込めて一礼し、星の輝きに恍惚《こうこつ》としながら尋ねた。

「レイ様が最初に走らせた蒸気機関車は、どうして『遊星号』というのですか？　レイ様が名づけたのですか？」

レイモンドが手掛けたクローブペッパーズ鉄道を最初に走ったのが『遊星号』で、素敵な名前だな、と新聞記事の中でも特に印象に残っていた。

けれど、レイモンドは口元を手で覆うと、なぜかとても苦しそうに目を細めた。

「君は……本当に……」

訊いてはいけないことだったのだろうか。

「すみません。もし失礼なことを訊いたなら……」

焦ったが、レイモンドは口から手を離して首を振り、気を取り直したように天空を仰いだ。

「何も失礼なことはない。こちらの問題だから気にしないでくれ。『遊星号』の由来だったね。君は機関車の動力の蒸気機関がどういうものか知っているかな？」

「いえ、詳しくは知らない……と思います」

本当に話を続けていいのだろうか。幾分気が咎めたが、せっかく話そうとしてくれているのを遮るのも失礼だと思った。

「ごく簡単な説明になるが、燃料を燃やして水を沸騰させ、生じた蒸気の力を使って様々な装置を動かすのが蒸気機関だ。蒸気はシリンダーに送られ、中のピストンを圧力で動かす。だが冷却装置によって元の位置に戻り、また圧力によって押される。この連続運動が機械を動かすエネルギーになるわけだけど、ここまではいいかな？」

レイモンドはこうして子供たちにも説明したのかもしれない。はいと返事をした。

「じゃあ続けると、実はこれはごく初期の蒸気機関の仕組みで、様々な産業に応用するためにはまだ改良が必要だった。たとえば、今言ったような単純なピストンの往復運動では、それこそ機関車を動かすような大きなエネルギーは得られなかったんだ。でも、今から約五十年前に革新的なことが起こった」

レイモンドの瞳が輝きを放つ。空の星かと見紛《みまご》うような、美しく瞬く輝きだった。

「往復運動しかできなかった機関が、『遊星歯車機構』が発明されたことで回転運動ができるようになったんだ。簡単に言うと性能が上がって、蒸気機関の発展のきっかけになったんだよ」

「遊星……歯車機構？」

不思議な響きの言葉だった。

星と歯車。歯車の中で遊ぶ星。

遊星号。

「それは、どういう」

天の河《あまがわ》を眺めてレイモンドが両手を広げる。その手の上に星が載っている。

「機械を動かす一組の歯車だけど、中心の『太陽歯車』の周りを複数の『遊星歯車』が回転するから『遊星歯車機構』と名づけられた。二百年前にこの国の物理学者が観測した、太陽と遊星の動きと同じだったから」

レイモンドが見上げた先を見ると、白い大河が今では列車と鉄道に見えた。

闇の中をひた走る、星の力で動く列車。

「だから『遊星号』なのですね？」

「そうだね。星を抱えて走る列車にふさわしいと思ったんだ。それと、もう一つ」

レイモンドは視線をアシュリーの背後にある薔薇の石に向けた。

「『遊星《プラネット》』は異国の古代語が語源なんだそうだ。元々の意味は、『さまよう人たち』」

「さまよう……人たち」

不意に、止まって見えた星の一つ一つが一斉に揺れたように見えた。

彼らは暗闇の中を揺れ動いて、漂って、さまよっている。

「おもしろいだろう？　我々を乗せて走っているものが……さまよっていると思うと」

レイモンドは意味深長に笑ったが、アシュリーは自分の足元に目を落とした。

自分はいったい――なんの上に立っているのだろう。

でも、とレイモンドは声に苦笑を滲ませた。

「列車に名づけたところで、遊星歯車機構も今では古くなってしまったけどね。昨日までは最新だったものが今日にはもう違っている。我々が生きているのはそういう変化の早い時代だ」

アシュリーはふたたびレイモンドを見上げた。

「だが、人の本質はそれほど簡単に変わるものだろうか」

レイモンドは続けた。

「社会の情勢や他人の意見に振り回されて、我々はときに自分の体一つ自由に動かすことができない。文明が進み、先人がどれだけ偉大な道を示してくれていても、確たる答えを見つけられずに人は迷ってばかりだ。我々は不完全で、不確かで、驚くほど弱い。けれど、『さまよう人たち』の上にいるのだから、我々が迷うのは当然なのかもしれないね」

自分たちは、ときに、自分の心一つ満足に動かすことができない。

でも、できるのなら、このときを決して忘れたくない。

レイモンドの言葉が心の深いところを揺さぶる。流れそうになった涙を小さく洟を啜ってこらえた。

「みんな……さまよっているのでしょうか」

レイモンドはこちらを見ることなく答えてくれた。

「アシュリー、私たちは、この地上でみなしごと呼ばれるけれど」

闇の中で、星が流れながら輝いている。

我々も同じなのだと語りかけている。

「魂を見るならば、我々は誰もがみなしごだ」

自分たちはどこに立っているのだろう。どこに向かっているのだろう。

分からないけれど、さまようのなら、この人と一緒にさまよいたい。

一人、暗闇の中で目覚めてから。
レイモンドに感謝をした。
レイモンドを尊敬した。
今、この人のことを、とても美しいと思った。

旅行から一週間が経った。皆とアフタヌーンティーを満喫したアシュリーは、サンルームを出たところでレイモンドを呼び止めた。

日曜日、屋敷にいるレイモンドは子供たちとたっぷり遊ぶが、空いた時間は書斎で仕事をする。

「レイ様にご相談があります。今日でなくてもいいので少しお時間をいただけませんか？」

周囲には子供たちもオリヴィアもいる。思いは真剣だったが、皆がいる場で発せられた「相談」という言葉に深刻さはなく、レイモンドは気安く返事をしてくれた。

「私は今でも構わないよ。そういえばこちらからも一つ話があった。このまま一緒に行くか？」

「はい、お願いします」

庭で犬と遊ぶと言う子供たちとホールで別れ、アシュリーはレイモンドについて階段を上った。レイモンドの書斎は寝室と同じ最上階の三階にある。

初めて入る書斎は執事室と似ていたが、更に広く、見晴らしがよく、机や本棚は当然のこと、葡萄酒色の房飾りのついたカーテン、後ろ足で立つ金獅子《じし》が支える地球儀、艶消し金の燭台や筆記具に至るまで、すべてが上質なもので整えられていた。

ソファを勧められたが、すぐに済むからとアシュリーは断った。座って口にするのが憚《はばか》られたのだ。もし彼が願いを聞き入れてくれるのなら、アシュリーが来客用であろうソファに座ることは許されない。

「相談とはなんだろう？」

促してきたレイモンドもアシュリーの前に立ったままだ。

アシュリーは腹の前で手を組み、意を決してレイモンドを見上げた。

「レイ様。レイ様は以前、いつか僕は好きなところへ行ける、と仰っていましたね？」

レイモンドの頬がぴくりと動く。けれどそれは一瞬のことで、彼は柔らかく微笑んだ。

「その通りだ。私はできる限り君を援助したいと思っているが、それは私が好きでやっていることだ。君は君の意思で、どこでも好きなところに行ける」

レイモンドの言葉に勇気づけられる。

好きなところも行きたいところも、どれだけ考えても一つしか浮かばなかった。

「それなら……いつか僕をこのお屋敷の使用人にしていただけませんか？」

それは、ロドンス・リトスを訪れて以来胸に生まれていた思いだった。

レイモンドに当初抱いていた感情は依存に近かったと思う。記憶がなくて不安で、だからこそ彼に頼り切ったし、正直ここから出て行くことが怖くもあった。

しかし、レイモンドの人となりを知るにつれ、抱いていた不安は「彼から離れたくない」という明確な思いに変わっていった。

これから先もここにいたい。そのためにはどうしたらいいのだろう。

そう考えているうちに、フィルやアルバートの姿が頭に浮かんできたのは自然なことだった。

「アシュリー……なぜそんなことを言う？」

だが、そう返してきたレイモンドの顔つきは沈んでいて、アシュリーははっとして頬を強張らせた。

彼は反対なのだろうか。確かに以前彼は「屋敷の仕事をする必要はない」とも「手伝いをさせるために引き取ったのではない」とも言っていた。アシュリーとてそれを忘れたわけではない。

どころか、忘れていないからこそ自分の幸せをよくよく考えた上で答えを出したのだ。

自分の行きたい場所、いたい場所がここならば、彼に仕えるというのは正しい選択なのではないか？

「あのっ……」

そこで一つのことに思い当たり、焦った。

「前のようなお手伝いではなく、きちんと仕事としてやりたいと思っています。せ、洗濯とか、一生懸命覚えますから」

自分は壊滅的に不器用だった。能力不足だとレイモンドが思ったとしても不思議はない。

だが、言い繕ったのも虚《むな》しく、レイモンドは表情を険しくして言った。

「君を使用人にするつもりはない。何があってもだ」

事前に彼の心情を察し、身構えていたにもかかわらず肩が跳ねる。

それは身が竦んでしまうほどに鋭い、とても厳しい口調だった。

「……すみ、ませ……」

怒ったような目を見ていられなくて俯く。すぐに一人前の使用人になれるとは思っていなかったが、
これほど強い拒絶を受けるとも思っていなかった。

「ぼ、僕では務まりませんよね。すみません、安易に考えて……」

思い返せば乳母のオリヴィアも、「使用人は自分の仕事に誇りを持っている」と言っていた。願え

ばできると考えていた自分が甘かったのだろう。

いたたまれなくて手が震える。レイモンドに優しくされて、自分は図に乗ったのだ。

「君に……能力がないと言っているわけではない」

レイモンドはそう言ってくれたが、顔を上げられなかった。

「以前も言ったように、私は君が有意義な人生を送る手伝いをしたいと思っている。率直に言えば……君に幸せになって欲しいと思っている。記憶を失くした君にとって、今は親代わりの私が世界のすべてなのだろう。だが、いずれ落ち着けば、必ずほかの世界を見るようになる」

一つも反論できなかった。何を言われても慰められているとしか感じなかったし、「親代わり」と言われて、この人にとって自分は間違いなく「子供」なのだと思い知らされた。

胸が痛いのは無力な子供扱いされたからか、それとも願いが叶《かな》わなかったからか。

「分かりました。お忙しいのにお時間を取ってくださってありがとうございます。ではこれで……」

去ること以外思い浮かばず、深く頭を下げる。

「待ってくれ、アシュリー」

しかし、思いがけず引き留められ、驚きながら頭を上げた。

レイモンドが背中を向けて机に行く。彼は抽斗《ひきだし》から厚みのある封筒を取り出すと、すぐにアシュリーの前に戻った。

「これを持って行きなさい」

封筒の中身が分からず首を傾げたのは一瞬だった。白い紙の向こうに偉人の顔が――太陽と遊星の動きを観測し、もの同士が引き合う力を発見した学者の顔が透けている。高額のポンド紙幣だ。

「これは……どういうことですか」

声が上擦った。

「私がいないときに外出したくなることもあるだろう。その都度アルバートに言って必要な額を出させてもいいが、それでは君が気兼ねすると思ってね。ああ、出かけるのは問題ないが、その場合はアルバートに伝えて、必ずフィルを一緒に連れて行くように。必ずだよ」

説明するレイモンドを見ていると悲しみが込み上げてくる。指の節が白くなるほど強く両手を組み合わせた。

「僕、は……お金が欲しくて使用人になりたいと言ったわけではありません」

使用人になりたかった理由を彼に伝えてはいない。

けれど、気持ちが伝わっていなかったのかと思うと震えるほどに悲しかった。

頑《かたく》なに手を握っていると、さっとレイモンドがその手に触れてくる。驚いている隙に否応《いやおう》もなく封筒を握らされた。

「給金代わりで渡しているわけじゃない。たまたま今だっただけで、ずっと君にこれを渡さなければと思っていた。こちらからも話があると言っただろう？」

言葉は本当なのだろう。話があると言っていたし、封筒は用意されていた。

「この前出かけたとき、ネイサンたちに土産を買うために一々私に伺いを立てる君を見て、君が自由に好きなものを買えないのは不便だと思った」

この前と言われ、俯けていた顔をやっと上げた。

「アシュリー、自由になる金を手元に置いておくのは大事なことだ。金はただの道具だが、それによって多くの必要なものを手に入れられる。自分が働いて得た金ではないと気に病《や》むなら君が本当に納得いくものに使ったらいい。君がこの金を持っていることが大事なんじゃない。手にしたこの金をどう使うかが大事なんだ」

ためらいは拭えなかったが、彼の気遣いは理解できた。

アシュリーは封筒と、答えを待つように黙ったレイモンドを交互に見ながら考えた。

体調がよくなってから部屋の掃除をしたので、自分が一枚の硬貨も持っていないことは確認済みだ。

ありがたいことに、今の生活は充分に豊かで、必要なものといってもぱっとは思い浮かばないが、彼の言うように出先で水一杯自由に飲めないのは不便に違いない。

それに、と睫毛を伏せた。

どれだけ固辞したところで、今受け取るかあとで受け取るかの違いだけなのだ。

「では……ありがたくお借りします」

いただきます、と言わなかったのは、「自分は子供ではない」というせめてもの主張だった。

いつかこのくらい稼げるようになったら、彼は自分を対等な大人として見てくれるだろうか。

レイモンドが苦笑し、封筒を摑ませるようにアシュリーの手を握ってから指を離す。

ずしりとした、現実を生きていくための重みが手にのしかかる。

「この金の使い道が決まったらぜひ教えてくれ」

と、彼は庇護者の声で言った。

光を跳ね返す芝生の上で、二人の子供と二匹の毛むくじゃらの生きものが追いかけっこをしている。

慣れているのだろう、ネイサンに鼻頭を摑まれてもルーシーに馬乗りになられても、犬たちは牙を剝《む》くことなく子供たちの顔を舐《な》め回していた。

勢いあまってネイサンを倒し、前足が肩にかけられたときだけ脇に控えている犬守が出て来る。

雄雌どちらのラフコリーもよく躾《しつ》けられていて、彼らは犬守の静かな言葉ですぐに行動を改めた。

「アシュリー様、何かありましたか？」

日蔭で椅子に座り、遊ぶ子供たちを眺めていたアシュリーは、オリヴィアから話しかけられ隣を向いた。

彼女の腿にはロビンが座っており、二人の前にはもう一匹の犬がお座りをしている。

「わんっ、わんっ」

ロビンは本当に犬が好きなようだ。先ほどから飽きることなく犬の鳴き真似をし、頭を撫でられた犬も気持ちよさそうに目を閉じている。

「いえ、何もありませんが……。僕、何かおかしかったですか？」

笑って答えながらも、隠せていなかったのかと内心慌てた。

昨夜のレイモンドとの会話で気落ちしていたのは事実だが、落胆した姿を見せれば皆に心配をかけてしまう。できるだけ元気な顔でいるよう気をつけていたつもりだったが。

「おかしいというわけではないですが、昨日までは旅行から戻られたときの溌剌《はつらつ》とした顔でしたのに、今日は少しぎこちない気がしたものですから」

どうやら自分には演技の才能もなかったらしい。

「ご心配おかけしてすみません。でも本当になんでもありません。旅行ではしゃいでいた気分がようやく落ち着いたのかもしれません」

気遣ってくれたオリヴィアには申し訳ないが、失意の理由を話せるはずもなく、また、言葉はまったくの嘘というわけでもなかった。

旅行中ずっと、レイモンドは自分のことだけを見ていてくれた。今思えばそれは夢のような時間だったのに、自分は有頂天になって、彼が自分の願いをなんでも叶えてくれると錯覚したのだ。

その夢からようやく覚め、現実へと帰って来た。

笑みを作ったアシュリーに、オリヴィアはそれ以上探らず話題を変えた。

「そういえば、旅行のお話が途中でしたね。古代遺跡はいかがでしたか？」

オリヴィアとは食事とアフタヌーンティー、その後の休息の時間に毎日顔を合わせている。

旅行の話は少しずつしていたが、肝心の遺跡の話をまだしていなかった。

「とても素晴らしかったです。花の形に巨石が並んでいて、そのすべてに古代文字が刻まれていて。天文台だったようなので、星を見ながら意味を考えるととても楽しかったです」

意味を取り違えたのだとしても、あのときレイモンドがくれた優しさは本物だった。

朗々と愛の言葉を諳んじた彼の声が、まだ耳に残っている。

広遠な宇宙とレイモンドの言葉を思い出すと、消沈していた体にふわりとぬくもりが広がった。

「結構なことです。旅行が……旦那様と出かけられたことがとても嬉しかったのですね」

オリヴィアに他意はなかっただろうが、「レイモンドと」と言われて頬が熱くなる。

「はい、本当に……嬉しかったです」

否定することでもないので頷くと、オリヴィアは子供たちを見るのと同じ瞳を向けてきた。

「旦那様はとても素晴らしい方だと、そう思いません？」

今度ははっきりとした意図を感じたが、なぜオリヴィアがそう訊いたのかは分からなかった。

「はい、もちろん。レイ様はとても素晴らしくて……心の綺麗な方です」

オリヴィアは神妙に頷いた。

「それが大事なことです、アシュリー様。旦那様が持っておられるものの中で最も価値があるのは美しい心です。その心に触れて自分がどう思うのか、どうしたいのか、本当に大事なことは、ただそれだけなのです」

オリヴィアの腕の中でロビンが体の向きを変える。ふくよかな胸に産毛の生えた頬を載せ、親指を咥《くわ》えてうつらうつらと睫毛を上下させるロビンを見ながら、言われた言葉を何度も頭の中で反芻した。

美しい心に触れて、自分はこの人の傍にいたいと思い、けれど夢が叶わず落ち込んだ。

だが、それだけが、自分がレイモンドから受け取ったことなのだろうか。

「ミセス・オリヴィア……立ち入ったことですが、一つお訊きしてもよろしいでしょうか」

どうぞ、と答えるオリヴィアの胸で、ロビンが完全に瞼を閉じた。

「ミセス・オリヴィアは、どういった経緯でこのお屋敷の乳母になられたのですか？」

従者、女中頭、メイドや犬守など、屋敷の使用人の雇用は通常執事が執《と》り行うが、その執事、料理長、家庭教師、乳母は、屋敷の主人が直接雇用するのが慣《なら》わしだ。

オリヴィアはややしてから口を開いた。

「私たち、つまり、このお屋敷に仕える者すべてということですが、私たちは元々ある貴族に仕えていました。このお屋敷の以前の持ち主の侯爵です」

背後に建つ琥珀色の館を見上げる。

「このお屋敷は、レイ様が建てたのでは……」

ございません、とオリヴィアは首を振った。

「五年前になります。その侯爵は、わけあってこのお屋敷を手放すことになったのですが、何せこの広さですから中々買い手がつきませんでした。そのとき『侯爵には世話になった』と、相場よりも遥かに高い額で買われたのが旦那様だったのです」

それればかりでなく、とオリヴィアは続けた。

「侯爵から解雇を申し渡されていた私たちを、旦那様は全員そのまま雇ってくださいました。個人の能力はおろか、旦那様に必要な役目かどうかというのも一つも問題にされなかった。私など当時はお屋敷にお子様がいなかったにもかかわらず、『衣装係』と新たに役目を作って置いていただきました」

話を聞いて再確認した。昨夜言っていた通り、レイモンドは能力不足を理由にアシュリーが使用人になるのを拒んだわけではないのだ。

「私たちは皆、旦那様に感謝しております」

オリヴィアはロビンの金色の頭を愛《いと》しげに撫でた。

「どんな経緯であれ……旦那様にお仕えできたことを幸せだと思っております。ですから、旦那様にも幸せになっていただきたいと、そう思っていますよ」

ネイサンとルーシーに目をやると、木蔭で犬の背中を枕にして横になっている。以前、フィルの髪の色が犬とよく似ていると思ったが、よく見ればルーシーの巻き毛も犬の背中に溶け込んでいた。

「僕も……レイ様のお役に立ちたかったのです」

オリヴィアに瞳を覗かれ、アシュリーは心中を打ち明けた。

「レイ様に助けられて、何かお礼をしたいと思っているのに、今の僕には何もできません。お屋敷にお世話になっている身だということは分かっているのですが、こんなによくしていただいて、どうしても申し訳ないという気持ちが拭えなくて」

組んでいた両手を舐めてきたのはロビンの前にいたラフコリーだった。先端が垂れた耳を撫でると更に舐めてくる。犬たちは最初に会ったときからアシュリーになついていた。以前から子供たちと一緒にアシュリーも遊んでいたのだろう。

「アシュリー様にできることはたくさんありますよ」

「できることはあるかもしれませんが、お役に立てそうにありません」

自嘲《じちょう》気味に返すと、オリヴィアは朗らかに笑った。

「そんなことはありません。たとえば、この前買って来られた絵本をロビンに読んでいらっしゃったでしょう？」

ロドンス・リトスで買って来た絵本だ。ジャングルを冒険する子ライオンの話で、鳥やサイなどたくさんの生きものが色彩豊かに描かれていたのでロビンにぴったりだと思った。

「読みましたが、でも……」

犬がまた手を舐めて、濡れたそこに風が当たってひやりとする。

それは誰にでもできることだと、口にする前に思い当たった。

「それは私にはできないことです、アシュリー様」

返事に窮《きゅう》するアシュリーの前髪を秋風が揺らす。冬に向かう準備を始めた、静けさと実りを内包した風とよく似た声でオリヴィアが続ける。

「書かれてある文字の意味を想像すると楽しい、と仰いましたね。その気持ちは私にもよく分かります。実際に読めたらもっと楽しいでしょうし、世界も広がるのだと思います。ああ、アシュリー様、そんな顔をされないで。私はできなかったのではなくやらなかったのです。いつか時間ができたら、いつか機会があったらと思っているうちに、この歳になってしまっただけなのです」

犬に目を戻してその両耳を手で包んだ。胸に巡った思いを整理する時間が必要だった。

オリヴィアがどんな人生を送ってきたのか知らない。できなかったのではなくやらなかったと言ったが、子供が自発的に学習を始めるのは難しく、今の彼女にしても字を習いに行く時間的な余裕はないように思う。

ごく一般的に考えて識字は学習の土台だ。誰かが教えてくれたからアシュリーも文字が読め、こうして様々な知識を得られている。

もちろん、読み書きができなくとも立派に仕事をしている人はいるし、中には本を読むのが何より苦痛だという人もいるだろう。けれどそういった事実と、子供時代に学習環境を与えられなかったことは別の話だ。

文字を学ばなかった、学べなかった時間に、おそらくオリヴィアは働いてきたのだ。

「あの」

本を読めるのは当たり前のことではない。

古代の文字ではなく、今ここで使われている文字が読めない人がいる。

「あの、僕、もしかしたら、一つできることがあるかもしれません」

こくりと唾《つば》を飲み込んだ。オリヴィアがどう思うのか分からなかったが、言わずにいられなかった。

「もしミセス・オリヴィアがお嫌でなかったら……文字を教えるのは、僕にもできるかもしれません」

自分はまだ勉強中の身だ。むろん誰かに何かを教えたという記憶もない。

でも、学んだ文字を教えることはできる。

「セリーニの文字は三十一文字です。大文字と小文字があって、最初は多いと感じるかもしれませんが、書く練習も一緒にしたら覚えやすいと思います。ただ、ロビンが寝てからになると思うので、本当にミセス・オリヴィアがよかったらですが……」

返事がないことに気づいて口を噤《つぐ》む。やはり差し出がましかっただろうか。

「アシュリー様」

もう少しで申し出を撤回しそうになったが、見れば彼女は頰を紅潮させていた。

「本当に教えてくださるんですか？」

「本当です。教えたことがあるわけではないので下手だと思いますが」

オリヴィアが首を横に振ると、その拍子にロビンがむずかる。

珍しく慌てたようにロビンを抱き直し、オリヴィアは輝く瞳でアシュリーを見つめた。

「ありがとうございます。アシュリー様。ぜひよろしくお願いします。三十分、いえ、十分で構いません。ああ、これは本当なんですよね……なんだか夢みたい……。私、文字が読めたら本当はずっと読んでみたかった本があるんです」

オリヴィアが本心から喜んでいるのが分かり、胸に嬉しさが込み上げた。

「そうだったのですね。どんな本ですか？」

オリヴィアは頰に指先を当て、面映《おもは》ゆそうに瞬いた。

「笑わないでくださいね。その、王女と騎士の恋物語なんです。この歳になって恋なんて恥ずかしいんですけど」

アシュリーは強く首を振った。それはきっと、彼女が少女の頃から読みたかったものなのだ。

「恥ずかしくなんてありません。僕、その本をミセス・オリヴィアにプレゼントします。文字を覚えたら一緒にその本を読みましょう。あの、ミセス・オリヴィア」

人の心を打つ偉大な詩文も、人に夢を与える愛の物語も自分は紡げない。

でも、彼らの言葉を誰かが読めるように手伝うことは、誰かの世界を少し広げることは、きっと自分にもできる。

「僕にできることをくださって……ありがとうございます」

オリヴィアが微笑み、頰に当てていた指を軽く目尻に当てる。

すると、突然犬がアシュリーの腿に前足を載せ、首を伸ばしてオリヴィアの顔をぺろりと舐めた。

驚いたオリヴィアを見て、ネイサンとルーシーが木蔭から笑い声を上げる。

わんっ、と寝言を言ったロビンに、皆涙が出るほどまた笑った。


翌朝。

「いってらっしゃいませ、レイ様」

「おとーたま、らっしゃ」

「ああ、いってくる。じゃあみんな、今日も一日気をつけて過ごすんだよ」

青空の下でレイモンドを見上げると、いつも以上に優しい微笑みが返ってきた。

オリヴィアに文字を教えることをまだ知らせていないが、もしかしたら自分の心境の変化が伝わったのかもしれないとアシュリーは思った。

レイモンドに紙幣を渡されたとき、この屋敷に厄介になっていることをそれまでよりも意識してしまい、本当に自分はここにいてもいいのかと後ろ向きになっていたのだが、文字を教えることが決まったお蔭で少し元気を取り戻せていた。

自分にもこの屋敷でできることがあると思うと、安心できるしとても嬉しい。

レイモンドがオリヴィアの事情を知らないとも思えなかったが、オリヴィアが話してくれたのは個人的なことなので、彼女に確認してからレイモンドには報告しようと思っている。

オリヴィアがいいと言うなら買いたいものができたと真っ先にレイモンドに教えたい。

自分にとって、彼女に本を贈ることはとても大事なお金の使い道だ。彼もきっと喜んでくれるだろう。

「フィル、アルバート、では子供たちを頼む」

レイモンドが手袋を嵌め直し、ステッキをフィルから受け取る。

アシュリーはいつものようにロビンを抱いたまま、レイモンドを見送るべく片手を上げかけた。

「旦那様、失礼いたします。クラヴァットが歪んでおります」

しかし、不意に進み出たアルバートがレイモンドのクラヴァットに触れたとき、思いもよらなかったことが頭に浮かび、喜びに膨らんでいた胸にぽつりと小さな穴が開いた。

突如として思い出してしまったのは、十四歳の少女の顔。

一度写真で目にしただけの、レイモンドの見合い相手の顔だ。

「アシュ？」

「あ、ごめ……」

腕の中のロビンに不思議そうに見上げられ、知らずに入っていた指の力を緩める。しゅんと萎《しぼ》んでいく自分の気持ちに困惑していると、クラヴァットを直し終えたアルバートがフィルを一瞥《いちべつ》した。

「まだまだですね、ミスター・オルブライト。クラヴァットが歪んでいるなどありえません。気をつけてください」

「申し訳ございません、旦那様、ミスター・メイネル」

殊勝に頭を下げたフィルからは、恥ずかしさと真摯《しんし》な詫びの気持ちが窺える。

アルバートはフィルを見据えたまま返事をしなかったが、レイモンドは大様《おおよう》に応えた。

「私が自分で触ったんだろう。いつも面倒をかけてすまないな。ではいってくる」

「いってらっしゃいませ。お帰りをお待ちしております」

使用人たちが頭を下げる。レイモンドが馬車から片手を上げる。アシュリーは子供たちと一緒に頭を上げたまま手を振り返したが、どれだけ装っても笑顔がぎこちないのが自分自身で感じられた。

――僕、どうして……。

外階段を上りながら、自分の胸を押さえるようにロビンをきゅっと抱き締める。

少女のことを思い出して沈んでしまった胸が、今では激しく痛んでいた。

なぜこれほど苦しいのかは分からないが、胸がざわついたのはクラヴァットを直すアルバートを見て想像してしまったからだ。

もしレイモンドが結婚をしていたら、クラヴァットの歪みを指摘していたのは細君だったはずだ。指摘して、それから、レイモンドに似合いの美しい指で夫の首元に触れていただろう。その彼女のことを、レイモンドも、黒い瞳で愛おしそうに見つめて……。

胸が、痛い。

「すみません、ミスター・アルバート」

屋敷に入ってすぐアルバートを呼び止めた。ロビンはオリヴィアに抱かれて朝の散歩に行き、ネイサンとルーシーはフィルに連れられ既に勉強部屋に向かっている。

「ご用でしょうか、アシュリー様」

オリヴィアに文字を教えるにあたり、彼を訪ねることは昨日の晩から計画していた。

「あの、今日のアフタヌーンティーのあと、また執事室にお邪魔してもよろしいでしょうか」

「承知いたしました。ではお待ちしております」

即答したアルバートは見送るつもりなのか、一礼したあとも動かない。

彼とこの場で話したい気もしたが、自分が何を言うつもりなのか定かでなく、アシュリーは会釈《えしゃく》を返すと先にその場をあとにした。

——そういえば、お見合い、どうなったんだろう……。

ふと、勉強部屋に向かいながらそう思うと、胸がふたたび激しく疼《うず》いた。


理由を述べず、新しい羽ペンが欲しいと言ったアシュリーに、アルバートは真新しいペンとインク、ノートを二冊用意してくれた。ノートを含め、筆記具はアシュリーの部屋に充分予備があるが、ペンだけは書き具合を試すためにすべて使ってしまっていた。

アシュリーの勝手な思いだが、オリヴィアには新しいペンを使って欲しかった。

生まれて初めて字を書くのだ。使い古しではなく、彼女のペンで記して欲しい。

「ありがとうございます」

アシュリーが右手でノートを、左手でペンとインクを持って礼を述べると、アルバートは言った。

「ほかに何かございますか」

ノートを胸に抱えて俯く。用という用はこれだけだ。

「あの」

絶対に訊こう、と来る前から決めていたわけではない。

訊いたところでどうなるものでもなかったし、答えてもらえるかも分からなかった。

だが、アルバートを見た途端、それを訊かずにはいられないような衝動が湧き起こり、ひとしきり葛藤した末、アシュリーは問いを口に上らせた。

「レイ様のお見合いはどうなったのでしょう。その、ブラックモア卿が仰っていた」

前後の脈絡のない質問だったにもかかわらず、怪訝な顔一つせずアルバートは答えた。

「お断りすると旦那様は仰っていましたが、今回は少々てこずっているようです。ブラックモア卿のご親戚の令嬢なので」

「そう……ですか」

答えから、見合い相手にレイモンドの心がないこと、見合いの動きをアルバートに知らせていることが分かった。

それにしても、なぜレイモンドは結婚しないのかと新たな疑問が湧く。

「レイ様は……なぜお見合いをされないのでしょう。もしかして、どなたか心に決めた方がいらっしゃるのでしょうか」

口にしてからはっとして息を呑み、もごもごと唇を動かした。

なんてことを尋ねてしまったのだろう。あまりにも不躾だ。

「すみません。僕はただ、レイ様がご結婚されたらここにはいられないのかと思って……」

本心ではあったが、それは苦しい言い訳に違いなかった。

心がうまく操れない。今朝といい、レイモンドのことになると感情が簡単に平衡を失う。

彼のことが気になって仕方ない。レイモンドの姿が頭から離れない。

「旦那様に恋をされましたか」

突然だった。

目を合わせたアルバートは、いつもと変わらぬ無表情だった。

「は……」

呆《ほう》けた声が口から漏れる。聞き間違えたのかもしれない。

それは、石像の輝きを放つアルバートに似つかわしくない、ごく人間的な甘い感情を表す言葉だった。

「旦那様に恋をされたのかとお訊きしました。大事なことですのでお答えいただけると幸いです」

「いえ……あの……」

舌がうまく回らない。体が熱くなって心がもみくちゃにされる。

レイモンドに、恋。

アルバートは沈黙に慣れているようで、答えを聞くまで黙り続けるつもりのようだ。

「ぼ……僕は、レイ様に引き取られた者です」

強張る唇でなんとか答える。はいでもいいえでもない曖昧《あいまい》な言葉をアルバートは一蹴した。

「だから？」

だから――。

「それがなんなのです？　私はアシュリー様のお気持ちをお尋ねしました。旦那様をお好きではないのですか？」

それには迷うことなく答えられた。

「好き、です、もちろん。レイ様を嫌だと思ったことは一度もありません。でも」

「でも？」

唇を噛《か》んだ。

「レイ様にとって、僕はほかの子供たちと同じ存在です。僕にとっても……レイ様は唯一の庇護者で」

「本当ですか？」

アシュリーの言葉をアルバートは遮った。

「旦那様がアシュリー様に何を言われたかは存じ上げません。ですが、私が知りたいのはアシュリー様のお気持ちです。大事なのは今あなたが旦那様をどう思われているか、それだけです」

たたみかけられて、以前オリヴィアにも似たことを言われたのを思い出した。

旦那様の心に触れてどう思うのか、どうしたいのか、大事なことはただそれだけなのです。

言われた言葉が頭の中を巡る。首を振ってもそれらは消えてくれない。

レイモンドの傍にいたいのは確かだ。けれど。

「わ……分かりません」

迷いながら、本音を吐露《とろ》した。

「分からない？」

ノートを胸に押しつける。何をしても荒ぶる鼓動は治まらなかった。

「先ほども言ったように、僕はずっとレイ様のことを庇護者として尊敬してきました。だから本当のことを言うと、ミスター・アルバートのようにこのお屋敷の使用人になって、レイ様の傍にずっといたいと思いました。ですが、レイ様のことを独占したいとか、気持ちを返して欲しいとか、そう思ったことはない……と思います。そう思うと逆に申し訳ないですし……そもそも僕では不釣り合いです。ですから、この気持ちが恋かと言われると……」

ずっと傍にいたいのが恋なら、彼に対する自分の気持ちは恋に似ているように思う。

でも、レイモンドから愛を返されると想像すると――申し訳ないとしか思えない。

「アシュリー様、はっきり申し上げますが」

人形めいた瞳がアシュリーを見る。告げられた言葉はそれまで以上に衝撃だった。

「旦那様が愛しているのは、アシュリー様、あなたです」

驚きすぎて体が動かない。

「もちろんほかのお子様方に対する慈愛と同じではございません。旦那様はアシュリー様のことを生涯の伴侶にと思っていらっしゃった。それがお見合いをされない理由です。記憶を失くされる前から旦那様はあなたを愛して……今でもずっと愛しているのです。私の言っている意味は分かりますか？」

理解できない。

「僕が、レイ様の伴侶？　ずっとというのは、僕が救貧院にいる頃から……？」

それに返事はなく、アシュリーは問いを変えた。

「で、も……レイ様は、いつか僕をここから出すと……」

「旦那様にもお考えがあるのでしょうが、私は事実をお話ししています」

「僕はここにいたかったのに……使用人になりたいと言っても断られました」

「本気で愛している相手を使用人にしたいと思う男がいますか？」

インク壺《つぼ》を落とさないよう握り直し、奥歯を強く嚙み締める。

急にそんなことを、しかもレイモンド以外の人から言われても到底信じられない。

「仮に、レイ様の気持ちがそうだったとします。でも、それならなぜレイ様は僕にそう伝えないのですか？　僕は、もしもレイ様が……」

もし、レイモンドが？

彼が直接伝えてきたら、自分はどうするというのだろう。

「旦那様に求められて、断れる者がこの屋敷にいると思いますか？」

アルバートは冷たいとも思える声で言った。

「主の命令は絶対です。逆らえる者はおりません。誰よりもそれが分かっていて、どうして旦那様が記憶のないあなたに愛を乞えると言うのです？」

一つも反論は浮かばなかった。彼の言葉が事実だったからだ。

仮にレイモンドに告白されて受け入れたとしても、彼は、或《あ》いは自分も、それを義務や服従だと捉えてしまうのだろう。彼がそんなことを望む人でないのはアシュリーにも理解できる。

分かるが、しかし、アルバートが何を思ってこのことを自分に伝えてきたのかが疑問だった。

「どうして、ですか？　どうして僕にそんなこと……」

彼は自分に何をさせたいのだろう。確かに自分は不躾なことを訊いたが、こんな答えを望んでいたわけではなかった。

こんな、眩暈《めまい》がして足元が揺れるような。

「このままでは……旦那様が本当にあなたを手放してしまうと思ったからです」

アルバートはそう言い、ゆっくりと頭を下げた。

「お願いです、アシュリー様。もし旦那様をお好きになったのなら、どうか旦那様のお気持ちを受け止めて差し上げてください。どうか旦那様を……幸せにしてあげてください」

慄きにも似た震えが全身を走る。

何も言えずにいると、上体を戻したアルバートが更に言った。

「もし私でお役に立てることがあればなんなりとお申しつけください。できる限りの協力はいたします。旦那様の幸せは私の幸せでもありますから」

その瞬間悟った。

アルバートもレイモンドに助けられて、おそらくオリヴィアと同じように彼に恩義を感じているのだ。

「アシュリー様、突然こんなことを言われて驚かれていると思います。ですが、どうか旦那様と幸せになるのを恐れないでください。私がアシュリー様にお伝えできることはあまりありません。多くを知らないというほうが正しくもあります。しかし、これだけは私にも分かります」

アルバートに分かっていて、自分に分かっていないことが多すぎると思った。

「旦那様は、心からあなたを愛しておいでです」


意識せずにいられない。

アルバートの言葉は本当だろうか。

レイモンドがこちらを好きだったとして、自分は彼のことをどう思っていたのだろう。

生涯の伴侶と言っていた。交際……していたのだろうか。

今以上に親密に話したり、一緒に出かけたり、触れたり——していたのだろうか。

「アシュリー、本当に熱でもあるんじゃないか？　顔がずっと赤い」

このレイモンドと？

ナイフとフォークを皿に休め、レイモンドが心配そうに問いかけてくる。

「大丈夫です。本当に……。涼しくなってきたと思って、少し着すぎたのだと思います」

ほかに言いようがなく、何度かかけられた問いをアシュリーは笑顔でやりすごした。

言えるわけがない。

あなたと、抱擁するところを想像していたなんて。

「何かあったらすぐ言うように。分かったね？」

気遣わしげなレイモンドのグラスにアルバートが素知らぬ顔でワインを注ぎ足す。

動揺しているのは自分だけだと思うと恥ずかしかったが、想像を必死に払って「はい」と返事をした。

晩餐《ばんさん》と腹ごなしの歓談を終えると屋敷は静まり返る。

その夜、オリヴィアとの約束があったのは幸いで、アシュリーは授業のことだけに気持ちを集中させてロビンの部屋を訪ねた。

ノックをするとドアが開き、緊張した面持ちのオリヴィアが顔を出した。ロビンはベッドで既に寝ていて、二人とも音を立てないように気をつけて机で向かい合わせになった。

「ではアシュリー様、よろしくお願いします」

「こちらこそよろしくお願いします」

普段とは逆の、教える側の立場に気が引き締まる。

まずノートとペンを差し出すと、オリヴィアは口元を押さえて泣き笑いのような顔を見せた。

その顔が完全に微笑みになるのを待って、文字の並んだ一枚の紙をオリヴィアに向けた。

「とりあえず三十一文字全部をここに書いてきました。僕が最初に発音して、それから一文字ずつミセス・オリヴィアに繰り返してもらおうと思いますが、どうでしょう」

「分かりました」

「そのあとで、今日は最初の五文字の書き順をお伝えしようと思います。それと学習の回数ですが、まずは週に一回でどうでしょうか。翌週までに習った字の練習をする感じで」

いつもよりもゆっくり話した。こうした説明もまだオリヴィアは書いておくことができない。これから先の学習にしても、記憶に定着するまで何度でも伝える必要がある。

「分かりました。それでお願いします。ただ最近は記憶……いえ、色々なことを一度に覚えられないので、何度もお訊きすると思いますが、よろしくお願いします」

「問題ありません。何度でも復習しましょう。記憶力のことなら心配しないでください。僕など記憶が欠けているのですよ」

強がったわけではなく、言葉が自然と口から零れていた。記憶がなくとも誰かの役に立つことはできると思わせてくれたのはオリヴィアで、彼女と記憶の話をするのに気負いは感じなかった。

オリヴィアは困ったように睫毛を伏せたが、すぐに微笑んでくれた。

学習が始まった。

まず予定通りすべての文字を読んで聞かせ、それから再度一文字ずつ発音し、オリヴィアに復唱させた。

外国語ではないので発音にオリヴィアが躓《つまず》くことはない。けれど、音と文字を一致させるだけでなく、二文字が続いたときに発音が変わる字もあるので、ここをおざなりにはできない。

初日から根《こん》を詰めないように、一度だけで発音練習を終え、書く練習へと移った。

オリヴィアがいそいそとノートを開く。向かい側でアシュリーも自分用のノートを開きかけたが、思い立って腰を上げ、オリヴィアの斜向《はす》かいに椅子を移動させた。

「すみません。こうしないと書き順が教え辛くて」

これでも教えるシミュレーションはしたのだが、実際やってみると想定と違うことがたくさんある。

気を取り直し、自分のノートに最初の一文字を書いてみせると、オリヴィアがそれを追って机の上で指を動かした。字の一覧表に書き順を記せば早いが、オリヴィアはきっと数字も読めないだろう。早いうちに教えなければいけない。数字もとても大事だ。

「では、ペンにインクをつけて書いてみましょう」

オリヴィアは昂揚した顔で頷き、美しいエメラルド色のペンを手に取った。

インクを含んだペン先がノートに押しつけられる。そこに大きな丸い染みができ、オリヴィアはペン先を離したが、声をかけて落ち着かせた。

「大丈夫です。問題ありません。インクが垂れてもいいのでペン先をそのまま置いておきましょう」

「これで……よろしいですか？」

「もう少し軽くペンを持つと楽です。そうですね、編み棒を持っていると思ってください。そう、そうです。じゃあ最初の線を引いてみましょう。ゆっくりでいいです。次にその真ん中に横線を引いて、最後に上から下に向かって……そうです」

一文字を書き終え、オリヴィアがふっと息をつく。

「アシュリー……様」

ペンを持ったままアシュリーを見た顔には、溢れんばかりの歓喜が満ちていた。

「できました！　私……書けました！」

その瞬間、んー、と背後でロビンが寝返りを打ち、慌てて口を押さえたオリヴィアと顔を見合わせ、二人で肩を揺らして笑った。

よかった、と胸に喜びが込み上げてくる。オリヴィアが笑っているのがとても嬉しい。

「では、もう一度同じ文字を練習してみましょう。それと五文字教えると言ったのですが、今日はもう一文字だけにしたいと思います。すみません、段取りが悪くて、思ったより時間がかかってしまって」

オリヴィアが壁の振り子時計を見上げる。予定していた三十分はとうに過ぎていた。

時間の配分も予定通りにいかなかったことの一つだ。

不慣れなことを申し訳なく思ったが、逆にオリヴィアが謝った。

「こちらこそすみません。お時間を取らせてしまって。アシュリー様は大丈夫ですか？」

「僕は問題ありません。ただあまり遅くなってはいけないと思っただけです。ああ、それから」

思い浮かんだのは、確認しようと思っていたことだった。

「こうしてミセス・オリヴィアが字を学習していることを、レイ様やミスター・アルバートにお知らせしても大丈夫ですか？」

「ええ、もちろん大丈夫です。教えていただけて嬉しいと、私からも旦那様にお伝えしておきます」

安堵して頷きながら、レイモンドは報告を喜んでくれるだろうと思った。

喜んで、そしてもしかしたら、「よかったな」と肩を叩いてくれるかもしれない。

「アシュリー様？　ほかに何かありますか？」

訊いてきたオリヴィアに、急いで答えた。

「いえ、何もありません。それだけです。では次の文字を……」

うっかりすると気持ちがレイモンドに向かってしまう。以前から彼のことはよく考えていたが、アルバートと話してからというものそれはいっそうひどくなった。

世界が変わってしまったようだと頭の片隅で考える。

彼は本当に自分を好きなのだろうか。自分のこの気持ちは恋なのだろうか。

レイモンドを幸せにするために、いったい自分に何ができるのだろう。


オリヴィアも知らせると言っていたので、学習の件はもう耳に入っているかもしれない。

しかし、中々アシュリーから報告できず、レイモンドからも何も言われないまま、まさしく飛ぶように一週間が過ぎた。

言わなければと思いつつ、どうしてもレイモンドと向き合う勇気が持てなかったのだ。

彼がこちらを見ていない隙に横目で見たり、去って行く姿を柱の蔭から盗み見たりはしているが、そのたびレイモンドの素晴らしさを再確認して慄くばかりだ。

こんなに素敵な人が自分を好きだなんてことがあるのだろうか？

だが、アルバートが嘘や冗談を言っているようには見えなかったし、そもそも彼は冗談を言うような人ではないだろう。

でも、でも——。

そうやって自問自答しているうちに、また三日。

レイモンドと向き合う機会は、思わぬ、しかも願っていなかった形で訪れた。

「おかーたま」

ソファに乗り上がって身を丸め、ロビンが全身を震わせて泣いている。重ねられた両手の下には絵本があり、先ほどから表紙のガチョウの母子《おやこ》がロビンの涙に羽を濡らしていた。

「おかーたまにあいたい。なんでロビーにはおかーたまいないの。なんで。なんでなんで」

「ロビン……」

かける言葉が見つからず、傍らでひたすらロビンの小さな背中をさする。

金曜日のアフタヌーンティーのあと、談話室でロビンに絵本を読み聞かせていたときにそれは起こった。

ガチョウの母子の物語は今日初めて読んだものではなく、ロビンも気に入っていたのでこれまで何度も読んでいたものだ。それだけに、なぜ今日に限って急に泣き出したのか、三歳児の心情が分からずアシュリーは途方にくれていた。

「ロビン、泣くなよ。ミセス・オリヴィアがいるだろ」

「そうよそうよ」

心配顔で膝をつき、必死にロビンを宥めるネイサンとルーシーがいじらしい。

オリヴィアはロビンの頭側に座り、落ち着いた顔で優しく金髪を撫でていた。

「オリーはおかーたまじゃない！」

オリヴィアの手を払い、顔を伏せたままロビンが叫ぶ。

アシュリーは案じながらオリヴィアを見たが、彼女は少しも動揺せずロビンを抱き上げようとした。

「ロビン、もうすぐお父様が帰っていらっしゃいますからね。それまでの辛抱ですよ」

「いや！　おとーたまじゃいや！　おかーたまがいーい！」

「嫌なんて言ったらお父様が悲しみますよ」

「いや、いやいやいや！　おとーたまきらい！　おかーたまにあいたい。ことりさんになってロビーおかーたまのところいく！」

幼子の叫びにたまらず眉根を寄せる。いつからこう考えていたのか分からないが、「ことりさんになりたい」と言った顔を思い出して胸が締めつけられた。

どれだけ心情の変化が突然でも、三歳児が母を求める本能は不変で、ロビンの中にずっとあったのだろうその思いに勝てる道理はない。

説き伏せることも、分別を求めることもできない相手にどうしようと思っていると、突然ネイサンが立ち上がった。

「お父様を嫌いなんて言うな！」

凄《すさ》まじい剣幕だった。

「いいか、ロビン。お父様は俺たちを助けてくれた神様だ！　ここよりいいところなんかどこにもない！　ここじゃなかったらお前だって鞭《むち》で打たれてた。あんなところに戻るくらいなら俺は死んだほうがました。俺は……俺を捨てたやつも、救貧院のやつらも、みんなみんな大っ嫌いだ！」

場が水を打ったように静まり返る。ロビンはネイサンを見上げて硬直していたが、オリヴィアに抱かれるなり火が点いたように泣き始めた。

「ネイ……サン」

愕然としながら名を呼び、アシュリーも立ち上がったが、足元がふらつきふたたびソファに座ってしまった。

泣きじゃくるロビンが哀れで仕方なかった。興奮して肩をいからせているネイサンも不憫《ふびん》なら、彼の言葉を肯定しているのだろう、無言で涙をこらえているルーシーの姿も見ていられなかった。

しかし、そのとき頭を占めていたのは憐《あわ》れみ以上に自分に対する疑惑で、アシュリーは胸元を強く掻《か》き寄せると小声でネイサンに問いかけた。

「鞭で、打たれたの？　救貧院の人に、されたの？」

ネイサンがびくっと肩を揺らして瞬く。

アシュリーは救貧院で働いていた、とレイモンドは言っていた。

もしや、自分とネイサンたちは同じ救貧院にいたのだろうか。

「僕は……君たちに……」

ここに来る前、もしかしたら自分は、子供たちに暴力を振るっていたのではないだろうか。

「ちが……違うよ！　アシュリーは関係ない。おれ……ぼく、僕はただ……」

「ネイサン」

有無を言わさぬ口調でオリヴィアに遮られ、ネイサンが口を噤む。

止められたから黙ったというより、自ら話すことを禁じたように、それからアシュリーが何を訊いてもネイサンは決して答えなかった。

ロビンを抱いたままオリヴィアが壁際に行く。呼び鈴の垂れ紐が引かれると、間もなくフィルが現れた。

「ネイサン、ルーシー、今日はもう部屋に戻ってゆっくりなさい。ミスター・オルブライト、二人をお願いできますか」

「かしこまりました」

ネイサンとルーシーが大人しくフィルについて行く。

「アシュリー様、どうかあまりお気になさらず」

大人だけになり、何か訊けるだろうかと思ったが、オリヴィアもそれ以上何も言わずに去って行った。

暗くなった部屋で床を見ていると、残照を塗り潰した影が腕を伸ばして心に入って来る。

記憶がないことをこれほど怖いと思ったのは初めてで、アシュリーはがくりと頭を落として震える指で髪を摑んだ。

自分は非道な人間、子供を打ち据える悪人だったのではないか。

ネイサンたちが怯《おび》えている様子はないが、だからといってそれが自身の潔白の証明にはならない。

直接暴力を振るっていなかったとしても、傍観していた可能性はあるし、なんらかの理由でネイサンがアシュリーのことを庇《かば》っているとも考えられる。

いずれにせよ、ネイサンに真相を訊くのは酷に違いなく、そうであれば問い質《ただ》せる相手は一人しかいなかった。

レイモンドを出迎える際、オリヴィアに訊いてみたところ、泣き疲れたロビンは彼女の胸で寝てしまい、起きたとき、まるで何事もなかったかのように笑っていたという。

けれど、帰って来たレイモンドにロビンが抱かれても、アシュリーはいつものように微笑むことができなかった。

夕食後、一度書斎を訪れたが、レイモンドは既に寝室に引き上げていた。

天蓋のあるキングサイズのベッドは目を引いたが、あとは小さな円卓と肘掛け椅子、上着の掛かったコートハンガーが隅にあるくらいで、ほかの部屋と比べると、主の私室はだいぶこざっぱりとしていた。

とにかく座ってくれ、と何度も言われたが、肘掛け椅子は一脚しかない。

結局、ウエストコート姿のレイモンドと立ったまま向き合い、アシュリーはロビンが泣いたこと――「お父様は嫌」と言ったことは伏せ――を告げ、その後、つかえながら、救貧院時代の自分の在《あ》りようを問い質した。

話を聞き終わったレイモンドが、息苦しそうにクラヴァットに手をやる。彼はそれを緩めることなくアシュリーの背中に手を添えると、後ろから押すようにしながら肘掛け椅子に連れて行った。

「まずは座ってくれ。頼む。倒れられたらたまらない」

レイモンドに触れられたら抗《あらが》うのは無理だ。

促されるまま椅子に座り、アシュリーは項垂《うなだ》れた。

「色々説明しなければいけないようだが、最初に大事なことを伝えると」

コートハンガーの脇の壁にもたれ、レイモンドが腕を組む。彼の左側にある窓ガラスには、円卓に置かれた燭台の灯りが三つひっそりと映り込んでいた。

「今と同じく、以前の君も拳を振り上げるような人間ではなかった。幾らか記憶が欠けているだけで、君の性格は何も変わっていない。不安になるのも分かるが」

その答えだけでは懸念を拭えず、怖々と見上げた。

「本当……ですか？」

「君は、少しは私を信じてくれているかな？」

訝しく思ったのち、「とても」と返すと、レイモンドは頷いた。

「それなら少し見方を変えてみて欲しい。私は君の過去を知っている。そうだね？　その上で、君は私が子供に手を上げるような者をこの屋敷に引き取ると思うか？」

涙が出そうになり唇を引き結んだ。自分の過去に自信が持てなくとも彼の言葉は信じられた。

首を横に振るばかりで返事ができずにいると、レイモンドが言い聞かせるように「分かったね？」と同意を求めてくる。そう言われてやっと、自分がどれだけその言葉を欲していたか、「君は暴力を振るっていない」と彼に言われたかったのかを自覚した。

「分かりました……。ありがとうございます」

それ以上の追及はしなかった。レイモンドの言葉を信じたし、何よりもう子供たちが鞭打たれる姿を想像したくなかった。

レイモンドは一息ついて続けた。

「それと、君とネイサンたちがいた救貧院だが、その二つは別のところだ。救貧院の者がネイサンに暴行を加えていたのは事実だが、そこもうないから安心していい」

寄せ続けて痛む眉間に指先を当てる。言われてみれば、記憶を失くして目覚めたとき、救貧院が三箇月前に閉院したからアシュリーをこの屋敷に引き取ったと説明されていた。しかし、ネイサンたちがいた救貧院が閉院したのは確か三年前。今思えば同じ救貧院であるはずがないのだが、ネイサンの話があまりにショックで記憶が混乱してしまっていた。

だが、誤解で終わったアシュリーの過去とは違い、ネイサンが虐げられていたのは事実だ。

あんなところに戻るくらいなら死んだほうがましだ。

いったい十歳の子供がどんな気持ちでそう言ったのかと思うと、安心していいと言われたところで脱力できなかった。

「救貧院がもうない、というのは」

あまりの痛ましさに胸を押さえていると、執事室で目にした記事が頭に浮かんでくる。

あのときアルバートはこう言っていた。

ネイサンたちがいた救貧院は「閉院した」のではなく、レイモンドが――。

「私が……閉院させた」

レイモンドが窓の外を見て独り言のように呟く。静かに告げられた言葉に驚くことはなかった。

「君が覚えているか分からないが、救貧院には一人につき幾らと決められた食事代が国から支給される。だが、人々の面倒を見るためではなく、その金を掠め取るために院を運営している者も中にはいる。ネイサンたちがいたところはその一つでね、ろくに食事を与えないばかりか、日常的に非道な暴力も行われていた。民生委員を通して何度も改めるよう伝えていたが、事態はまったくよくならなくて。だから、私が」

そこでレイモンドは目を閉じた。

「潰した」

知らぬうちに詰めていた息を吐き出す。

しばらく待ったが、レイモンドが何も言わないので、アシュリーは問いかけた。

「だから子供たちを引き取ったのですね」

レイモンドは横顔のまま頷いた。

「そうだ。私と同じ黒髪のネイサンと、フィルと同じ茶色い髪のルーシーと、アルバートと同じ金髪の子……まだ名前すらなくて、『ロビン』は私がつけたんだが……その三人を引き取った。むろん子供は大勢いたから、大半の子はほかの良心的な救貧院に預けざるを得なかったけどね。ただ私には志を同じくする者がいたから、ほかにも何人かは家庭に迎えられたよ。ジョンも二人引き取った」

気難しそうな共同経営者の顔を思い出し、アシュリーは彼の印象を改めた。

少々横柄で怖そうな人だと思っていたけれど、彼は悪人ではないのだ。

また、救貧院の記事に関してアルバートが「残念ながら」と言っていた意味もようやく飲み込めた。

悪事を働いていた救貧院を閉院させ、レイモンドが子供を助けたことを、まともな新聞はどこも書かなかった。

その「事件」を取り上げたのは、嘘に塗れていたとはいえ、僅かに滑稽雑誌だけだったのだ。

「君は以前、私になぜ金が欲しいのかと訊いたね」

いつの間にかこちらを向いていたレイモンドとまともに目が合う。

ロドンス・リトスに行った蒸気機関車での話だ。

アシュリーは首肯した。

「飢えを失くすには金がいる。金があれば助かる命がこの世にはあるんだ」

そう言って、レイモンドは壁から背を離し、コートハンガーの上着を探った。

胸の内ポケットから取り出された何かが、レイモンドの右手の中で、チャリ、と硬い音を立てる。

「見えるかい？」

取り出したものを親指と人差し指で挟み、レイモンドがアシュリーに見えるように腕を前に出す。

目を凝らして見ると、それはコルク栓がされた円筒形のガラス瓶で、中に何かが入っていた。

「硬貨……ですか？」

「三ポンドだ」

レイモンドが軽く瓶を振ると、三枚の金貨がガラスの中でぶつかり合う。

「私の値段だ」

蠟燭の焔《ほむら》が映り込み、刹那《せつな》、ガラス瓶が火柱を上げたかのように激しく光った。

「救貧院でも私は随分反抗的だったからね。目つきが生意気だ、口調が気に入らないと鞭で打たれては、逆に相手の足に噛みつくような子供だった。とうとう逃げて捕まえられて、恩知らずと言われて売りに出されたのが五歳のときだ。厄介払いというやつだよ。その値段が三ポンドというわけだが、まあその程度が妥当と思われたのだろうね。もちろん二十五年前と今では貨幣価値が違うけど、人の値段としてはたったの三ポンドと言わざるを得ない。それに違いないけど……ああ、君は『サヴァイヴァルの三つの法則』を知っているかな」

アシュリーは首を振った。まったく記憶にない。

サヴァイヴァル——生き残るための三つの法則。

「砂漠とか無人島とか、食料や水が容易に手に入らない状況になったとき、人体には覚えておかなければいけない三つの法則がある。一つ、三分間空気がなかったら人は死ぬ。二つ、三日間水を飲まなかったら人は死ぬ。三つ、三週間食べなかったら人は死ぬ。これは、たったの三ポンドだけど」

レイモンドの視線を受け止めていた瓶が、彼の手の中に握り込まれる。

「この三ポンドを払ってくれる人がいなければ、私はきっとあのときあれ以上生きられなかった」

それからレイモンドは右手を胸に持っていき、はたと——自分が上着を着ていないのに今気づいたというように——動きを止め、瞬きしてからガラス瓶をハンガーに掛かった上着に戻した。

「三ポンドで子供を買うような人間はね、十中八九は下衆《げす》なんだ。安く手に入れた子供をどれだけ働かせられるか、どれだけ金に替えられるか、ほぼそれしか考えていない。だが、私が幸運だったのは、引き取ってくれたのがフェアクロフ氏だったということだ。彼には言葉にできないほど感謝している。たまたま貼り紙を見た彼が憐れんでくれなかったら私は生きてここにいない。とても優しい人で、当時は役所の事務官をしていたんだが、自分たちは質素に暮らしながら私を大学までやってくれた。鉄道事業が安定してからここに呼ぼうとしたが、大きすぎる家は堅苦しいと言って、今でも同じ家に住み続けているよ。フェアクロフ氏が丹精込めて育てている綺麗な薔薇の庭があってね、いつか君にもその庭を見せてあげたい」

レイモンドは微笑みながらそう言った。

美しい笑みだった。

「実直に仕事をし、自然を愛《め》で、できる限り子供が健《すこ》やかに過ごせるよう環境を整えていく。フェアクロフ氏のように生きることが私の望みだ。そして、私がそういられるためにはまず国が安定していなければいけない。産業が発展すれば雇用が生まれ、教育も行き届き、国が豊かになる。そうすれば食べられない者が減り、泣く泣く子供を手放す親だっていなくなるだろう。もちろん私がやっていることは自己満足だと分かっている。だが『誰もが納得するやり方』だとか、『根本的な原因の解決』なんてものを探していたら、私はその間に人生が終わってしまうと思った」

レイモンドから目を逸らせない。

美しくて、逞しくて、気高き人。

「君の質問に話を戻すけど、つまりなぜ金が欲しいのかと訊かれれば、私は自分の目標を達成するためとしか答えられない。ほかの才能があれば違う道もあったんだろうけど、私にはたまたま経営の才が少しばかりあって、だから自分がやりたいことのために金を動かしている。不完全でも不格好でも、私にはこういうやり方しかできない。子供たちを育てるために稼げるだけ稼いで、最後の一ペニーまで使って、そうやって生きて、死ねたらいいと……私は思うよ」

蠟燭の火だけがしばし揺らいだ。不意にレイモンドが眉根を寄せ、アシュリーに近づいて来た。

「アシュリー……」

今しがたまで滔々《とうとう》と話していた紳士が、不安そうに、迷子のような瞳で顔を覗いてくる。

そして、彼は思わずといったように頬に向かって手を伸ばしてきたが、結局触れることなくすっと腕を下ろしてしまった。

レイモンドの瞳を見つめながら、この人はいつもこうだとふと思う。

ダンスをするときや誰かから庇ってくれるときなど、必要なときには躊躇《ちゅうちょ》なく触れてくるのに、それ以外ではレイモンドは決してこちらに触れてこない。

記憶を失くして目覚めた直後はあんなに近くで触れてきたのに。

もしかしたら、彼は本当に自分のことを好きなのかもしれない。そして、自分も少なからず彼に惹《ひ》かれていたから、二人の距離はあれほど近かったのではないだろうか。

なのに、自分は記憶と一緒に彼への想いも忘れてしまった。

もしレイモンドがこちらを気遣うがゆえに、心を殺しているのだとしたら。

「アシュ……」

手を伸ばし、レイモンドの腰を抱き、彼の腹にそっと額を押し当てる。

体温を感じるなり、彼と踊ったときのことが頭に鮮明に蘇《よみがえ》った。

「レイ様」

「……ああ」

あのとき、レイモンドの胸から微かに聞こえていた音。

「レイ様」

「ここにいる」

美しく、刻まれていた。

「レイ様」

「……」

あれは、レイモンドの命の音だ。

こめかみから髪に入れられた指が震えている。

愛しくて、愛おしすぎて、何も言葉にならなかった。

できるのなら子供の頃の彼に会いたかった。そして小さなレイモンドが傷つかないよう、盾になって彼のことを抱き締めていてあげたかった。

けれどこの気持ちは憐れみでも、ましてや同情などでもない。

彼だから抱き締めたかった。

知りたいのも、見つめたいのも、触れたいのも。

「レイ様」

彼だったから。

ものが、上から下へと落ちてゆくように。

気づいてしまえばこれほど自然なことはなかった。

彼が笑うと嬉しかった。手を取られてステップを踏み、星空の下で愛を囁かれて心臓が跳ね上がった。

ここから出て行きたくなかった。彼の傍にいたかった。

やっと気づくことができた。

もう、こんなにも深く、彼に恋をしていたことに。

屋敷から馬車で三十分、大きな川を越えた先にアダマス・シティはある。

首都の芯部を走る大通りは馬車が四台並べるほど広く、両脇には人々を待ち構える店舗が少しの隙間もなく並んでいる。

「あ、あの紋章、この前レイ様が買って来てくださったお菓子の箱にありました」

「青騎士竜ですね。有名な老舗《しにせ》の菓子店です」

向かいに座るフィルが、アシュリーの指さした先を見て答える。

「あんなに立派なお店のものだったのですね。わ、すごい、垂れ幕があんなに大きく……。あの『アイオーン』の広告、駅にも貼ってありました」

次に馬車の窓から見えたのはオペラ座だった。

「ちょうど今日から二期目の公演が始まるようです。ご覧になりたければチケットを手配いたしますのでお申しつけください」

垂れ幕の下側には舞台衣装を身に着けたオペラ歌手たちの写真が、その上に物語をイメージしたとみられる若い男性と女性の絵が大きく描かれてある。

「どんな物語なのでしょう」

好奇心をくすぐられて問いかける間に、馬車はオペラ座を過ぎ、ショーウィンドウが輝く大型百貨店の前に出た。

「私も観たことはありませんが、森の精霊と狩人の悲恋と聞いています。二人はいわば敵同士に当たりますから、惹かれ合った二人は神の怒りに触れ、精霊は殺されてしまうのです。けれど、精霊が死んだと信じられない狩人は、彼女を探して地上だけではなく地底や海をさまよい、途中で力尽きて死んでしまってからも、亡霊となって彼女のことを探し続けます。そのまま千年が経ったとき、さすがに哀れに思った神が、空にある『永遠の泉』――精霊がいるところです――に狩人を入れてやり、そこでようやく狩人は放浪をやめ、精霊と一緒に永遠の眠りにつくことができた……と、あらましとしてはこのような感じでしょうか」

無言でフィルを見ると、彼は「説明が分かりにくかったでしょうか」と問いかけてきた。

「いいえ、とてもよく分かりました。すみません、ミスター・フィルもこんなに話すのだなと意外で」

三度の食事に加え、アフタヌーンティーの給仕をされているので、フィルを目にする機会は多い。けれど、フィルから話しかけてくることはまずないし、アシュリーが何かを問いかけても答えはいつも簡潔だ。

今はオペラのあらましという、言葉数を要する話題だったからだろうが、思いがけず長く話す彼の姿は新鮮だった。

「『ミスター』は結構です、アシュリー様。職務上、必要のないことは口にしないようにしておりますが、私は元々無口なわけではありません。話しすぎる……と叱られることもあるくらいです」

「叱られるって、レイ様に？」

フィルは慌てたように首を振った。

「いいえ、旦那様にではありません。その……」

誰に、と言わずして、頬が赤く染まっていく。レイモンドでないならフィルを叱れる人間は一人しかいない。

図らずも硬質な美貌が思い浮かび、フィルの赤面から二人の関係を邪推しかけたが、それはあまりにも短絡的だとアシュリーは己を戒めた。

「ええと……壮大な物語ですね。千年も恋人を探し続けるなんて」

話をオペラに戻したアシュリーに、フィルはこそばゆそうにはにかんだ。

「そうですね。一般的に悲恋と言われていますが、それほど愛せる相手と出会えたのは幸せなのかもしれません」

フィルの言葉も狩人の気持ちも分かる気がして、頷きながら睫毛を伏せる。

愛する人を突然失くす痛みはきっと想像を絶する。その上、幾ら探しても彼女と会えなかった狩人の苦しみはどれほどだっただろう。

彼が歩いていたのは光の乏しい、おそらく千年の孤独とでも呼べる道だ。

それでもこう思わずにいられない。

彼女と出会わなければよかったとは、彼は決して思わなかっただろうと。

「ご覧になりたいですか？」

レイモンドと観られたらと思ったが、二人きりになったら何を言ってしまうか分からず首を振った。

恋心を自覚してから八日、レイモンドの態度は変わらなかったが、アシュリーの気持ちは日ごとに大きくなっていた。

自分が気づかなかっただけで、彼への想いは以前からあったのだろう。知らない間に積もっていた恋心は怖い。ふとした弾みで心が暴走しそうになる。

「いえ、いつか観たいと思いますが、今回は結構です。わ……あれはもしかして王宮ですか？」

「そうですね」

瞳を窓の外に向けると、広大な前庭の向こうに豪奢《ごうしゃ》な宮殿が建っている。

王弟の覚えめでたく、王族の社交界にも出入りしているレイモンド。

そんな人が本当に自分のことを好きだということがあるのだろうか。

あるのかもしれない。自分たちは本当に、両想いなのかもしれない——。

ふと、溜息が落ちる。そう思うと嬉しいのに、ではこれからどうすればいいのかと思うと何も具体的には分からなかった。

今日首都に来ようと思ったのは、オリヴィアにプレゼントする本や授業に役立ちそうな本を買いたかったからだが、環境を変えて自分の気持ちを整理したかったからでもある。

アルバートは「レイモンドの思いを受け止めてくれ」と言った。「主からは愛を乞えない」とも。

愛を乞うの意味するところは交際を申し込むこと、求愛——求婚することだ。

彼が告白してこないのは本当に無理強いをしたくないからだろうか。

もしこちらから思いを伝えたら、彼は喜んでくれるのだろうか。

「どれだけ好きでも……」

宮殿に重ねてレイモンドの姿を見ていた。

「相手のためを思って気持ちを伝えないということはあるのでしょうか」

気づいたときには言葉が零れていて、我に返ってフィルを見ると彼は驚いたようにこちらを見ていた。

「す、すみません、なんでもなくて……本で、そう、先日読んだ本にそんなことが書いてあって」

あたふたと言い訳をすると、フィルが小さくかぶりを振る。気遣うような視線が、何も言わなくていいと言っている気がした。

「それはあると思います」

フィルの両の拳は軽く握られ、生真面目に腿の上に置かれていた。

「相手を愛するあまり、何かしらの理由で身を引く人がいます。好きだからといってすべての者が思いを伝えられるわけではありません。それに、相手のためではなく、自分のために言わない者もいます」

「自分のため？」

フィルが頷いたのか、ただ俯いたのかは分からなかった。

「今の関係を壊すくらいなら、このまま傍で見ていられればいいと思う……そういう臆病な者もいるのです。特に手の届かない相手や、追いかければ逃げると分かっている相手には……何も言えません」

下手なことをして距離を置かれたらどうしよう。もしも嫌われたら。迷惑になったら。

その気持ちはよく理解できた。どうすればいいかと悩んでいるのは、まさに今あるレイモンドとの関係を壊すのが怖いからだ。

しかし、レイモンドにその臆病さは当て嵌まらない気がする。

彼にとってアシュリーは「手の届かない相手」ではない。彼が気持ちを伝えてこないのは、やはりアルバートの言うように「無理強いをしたくないから」だと考えたほうがしっくりくる。

「ですが」とフィルは続けた。

「それはあくまで片恋の場合で、本当はお互い想い合っているのだとしたら話は変わってきます。単に相手の出方を見ているということもありますから、その場合はどちらかが行動を起こせば自ずと道がひらけてくるでしょう。行動を起こさなければ悲恋にしかなりませんが、一方の、或いは双方の働きかけによって、恋が成就する場合もあるかと思います」

彼はそこで大きな体を縮こませた。

「偉そうに答えましたが、私も本で読んだことをお話ししただけです」

眉尻が下がる優しい笑い方に、いい人だと思う。

衝動的に話してしまったが、相手がフィルでよかったと思っていると、馬車が静かに歩みを止めた。目当ての書店に到着し、アシュリーは軽やかな足取りで馬車から降りた。初めて自分でする買い物に昂揚していたが、胸には変わらずフィルの言葉が留まっていた。

どちらかが行動を起こせば道がひらける。それは真実なのだろうし、言い換えればどちらも行動を起こさなければこのまま平行線ということだ。

そして、アルバートが言うように、きっとレイモンドは行動を起こさない。

書店員に案内されて二階に上がりながら、それで自分はいいのだろうかと考えた。

レイモンドを見ているだけで。いつか彼の言う通りに屋敷から出て行くことになっても。

高い本棚を見上げ、並ぶ背表紙の中からただ一冊を探す。胸のポケットにはレイモンドが与えてくれた紙幣が入っている。

今のままでは——彼の子供でいるのは嫌だ、そう思ったとき、一冊の背表紙が目に留まった。見つかってよかった。王女と騎士の恋物語、あれを探してここまで来た。

本棚に片手をつき、懸命に手を伸ばす。もう少し背伸びをすればそれは届くところにある。

オリヴィアの喜ぶ顔が目に浮かぶ。

内容は分からないけれど、幸せな結末ならいいなと思った。


首都は華やかで刺激的な分、人が多い。

アシュリーはホテルのティールームで紅茶を飲みながら、出がけにアルバートから「気をつけてください」と言われたことを思い出し、さりげなく周囲を窺った。

なんでもレイモンドを中傷する記事を書いた記者が、最近レイモンドや屋敷の周りをまたうろついているらしい。理由は不明だが、書店を出てから文具店や菓子店を見ていた際、アシュリーも学生らしき人たちから何度か話しかけられそうになった。

目敏《めざと》く察知したフィルが間に入り、誰とも接触せずに買い物できたが、脅威を感じたのは事実だ。

もしも自分に何かがあればレイモンドに迷惑がかかってしまう。

充分都会を堪能《たんのう》したし、これを飲んだら帰ろうと思ったとき、聞き慣れた声が耳に飛び込んできた。

「どうぞ、ご心配には及びません。ジョンには私から伝えておきます」

一流ホテルの中でもひときわ目を引く一行が奥から出て来る。レイモンドは並んで歩く令嬢に穏やかな笑みを向けながら、こちらに気づくことなくティールームを横切って行った。

「あ……」

無意識に立ち上がってしまい、慌ててフィルを見ると、彼も意外そうな視線をレイモンドに向けている。

「あの、僕、もう出ます」

突如、なんとも言えない焦燥感が込み上げ、アシュリーは本の包みとシルクハットを急いで手に取った。

少し見えただけだが、レイモンドと歩いていたのはメアリ——彼の見合い相手に違いない。

レイモンドは彼女と見合いをしていたのだろうか。

「アシュリー様っ」

自分が何をしたいのか分からなかったが、取り出した紙幣をフィルに押しつけ夢中でレイモンドを追いかけた。

アルバートから話を聞いただけで、自分はレイモンドの本心を知っているわけではない。

彼は本当は別の人を好きなのかもしれない。見合いを拒んでいたのも単にその相手と結婚したかったからではないのか。

——嫌だ。

小脇に抱えた本を強く握る。

ひとりよがりでも身の程知らずでも、彼のことをほかの誰にも渡したくないと思った。

あんな目で彼女を見ないで欲しい。優しく囁かないで欲しい。

どうか、レイモンド。

ほかの誰にも笑いかけないで。

「それではどうぞお気をつけて」

ホテルを出たレイモンドは路肩に停めてあった馬車の前でメアリの手を取り、絶えず微笑みながら小さな手の甲に口づけをした。

挨拶を終え、紳士淑女に支えられながら少女メアリが馬車に乗り込む。

「アシュリー様っ」

呆然《ぼうぜん》と立ち尽くす背中に、フィルが声をかけてくる。その声で気づいたのだろう、馬車を見送っていたレイモンドがこちらをぱっと振り返った。

「アシュリー、フィル、来ていたのか」

驚きはここでの出会いが意外だったという程度で、レイモンドはすぐに屈託のない笑顔を見せた。

「旦那様、お約束は別のホテルだったのでは」

フィルの言葉から、彼がレイモンドの見合い、少なくとも今日レイモンドがメアリと会うことを知っていたことが分かった。

アフタヌーンティーの場所にこのホテルを選んだのはフィルだ。レイモンドがいると知っていたら、フィルはここを選ばなかったのだろうか。

「ああ、先方の都合で変更になってね。お前たちもここにいたのか？」

明るくフィルに問いかけたものの、アシュリーを見たレイモンドの顔が途端に曇っていく。

「アシュリー、どうした？　顔色がよくない」

「あ……」

これまでと同じように「なんでもありません」と言いたかったのに、言葉が出なかった。

「どうした？」

「あの」

それ以上何も言えずにいると、レイモンドは「屋敷に帰ろう」と言い、アシュリーの肩に手を置こうとしたが、はたとやめた。

「ずっとアシュリーの具合は悪かったのか？」

ためらいの滲む声音でフィルは答えた。

「いえ……おそらく今しがたから……かと」

レイモンドはしばらく黙してから嘆息した。

「今日はもう帰りなさい。いいね？　では、私の馬車はあちらだから……」

咄嗟に手を伸ばしてレイモンドの袖口を握る。

こうしなければこの人は去って行ってしまうと思った。

捕まえなければこの人は逃げてしまう。いつでも離れて行こうとする。

「か……帰りたくありません」

駄々をこねる子供のようでもほかに思いつく言葉がなかった。

どうして本音が言えただろう。帰りたくないのではなく、ただあなたと離れたくないのだと。

レイモンドは口元に手をやり、軽く目を閉じると、溜息を呑み込むように喉仏を上下させた。

「……私が連れて行こう」

ややして、レイモンドは言い、アシュリーの背にごく軽く手を添えた。

「フィル、お前はそちらの馬車で帰ってくれ。アシュリーは私が連れて帰る。それから、念のためドクターを呼んでおいてくれ」

「かしこまりました」

わがままを言ったことを申し訳なく思ったが、彼と一緒にいられるという安堵感は何にも勝った。

フィルに見送られながら、少し先に停めてあったレイモンドの馬車に向かった。

彼の馬車は普段使用している幌つきの一人掛けではなく、アシュリーが乗って来たのと同じ、四人が座れる箱型の大きなものだった。

まずアシュリーを乗せてから、駅者席を背にしてレイモンドはアシュリーと向き合う位置に座った。

「屋敷に行ってくれ。タウンハウスではなくカントリーハウスのほうだ」

駅者が扉を閉め、馬車がすぐに動き出す。

三頭の馬は、ガス灯の灯り始めた煌《きら》びやかな大通りを疾走していった。

「今日は何か用事があったのか？」

レイモンドが訊いてきたのは、衛兵が立哨《りっしょう》する王宮に差しかかったときだった。

「書店に……行きました。実はミセス・オリヴィアに字を教え始めて、それで本をプレゼントすると約束したので、それを買いに来たのです。すみません、ご報告が遅くなってしまって。ずっとお伝えしようと思っていたのですが」

「オリヴィアに字を？」

「はい。週に一回、ロビンが寝たあとに少しだけですけど。ミセス・オリヴィアはすごく覚えるのが早いので、本もすぐに読めるようになると思います。あの、貸していただいたお金で本を買うことができました。レイ様のお蔭です。ありがとうございます」

焦燥感は消えなかったが、そのときだけは心から笑うことができた。

レイモンドは優しく目を細めた。

「そうか。君の欲しいものが見つかって何よりだ。ところでオリヴィアが喜んでいるのは分かるが、君自身も楽しんでいるのだろうね？」

「もちろんです。むしろ僕のほうが楽しんでいるくらいです。その、僕にもできることがあるのだなと思って」

レイモンドは得心したように頷いた。

「それならよかった。君にはできることがたくさんあるが、できることとやっていて楽しいことは違うからね。君が楽しんでいるなら私も嬉しいよ」

レイモンドに嬉しいと言われ、胸に甘酸っぱい喜びが広がる。

これまで顔を直視できなかったのが嘘のように、いったん話してしまえば彼との会話は何より楽しかった。黒い睫毛が瞬かれる様や、口角が優しく上がる様を見ているだけで幸せになる。

しかし、その温かな気持ちも、彼の唇が令嬢の手に当てられていたのを思い出すなり消えた。

アシュリーには触れようとしないのに、彼はほかの人には口づけるのだ。

馬車が大型百貨店の前を通る。

いつしか会話が途切れていて、馬車の中には互いの呼気だけが流れていた。

「レイ様は……ご結婚、されるのですか」

レイモンドのクラヴァットを見ながら尋ねた。

「見合いのことを言っているなら」

レイモンドは落ち着いた声音で答えた。

「先ほど正式にお断りした。周りがうるさくてね、一度だけと思ってお会いしたが、すぐに先方……令嬢自身も気乗りしていないことが分かったから、ごく穏便に収まったよ。なんだかんだ言って伯爵も令嬢には勝てないようだ」

レイモンドは笑ったがアシュリーは笑えなかった。

今回断ってもまたすぐ別の相手が現れるのは確実だった。

誰にせよ「鉄道王」の伴侶候補だ。魅力的なその中の誰かに彼が心を奪われないとどうして言える？　そもそも彼にはほかに想い人がいるかもしれない。

「レイ様、あの、僕……レイ様にお話があります。お屋敷に帰ったら……お時間をいただけませんか」

レイモンドをほかの誰にも渡したくなかった。

そのために、彼の隣にいるためには、自分が行動するしかなかった。

「話？」

レイモンドが首を傾げ、瞳を覗いてくる。

彼は、ふと何かに気づいたように瞬くと、物憂げに睫毛を伏せながら口を開いた。

「今……話してくれるか」

今度はアシュリーが瞬いた。

「え……今、ですか？」

うろたえてしまい、決心が揺らぎかけたが、拳を握って自身を奮い立たせる。

もしここで伝えなかったら屋敷に着く前に勇気が萎《しお》れてしまう気がした。そうやって物怖《お》じしている間に彼はどんどん離れて行くのだ。

「あの、僕……僕は、レイ様のことが」

緊張から、唇だけではなく、指の先まで細かく震えた。

「レイ様のことが、す――好きです。ですから、お、お屋敷に、ずっといたいです。僕はレイ様の傍で人生を歩いて行きたい。レイ様が恩人だからではありません。僕は、一人の男性として、あなたを」

「アシュリー」

言葉を遮られ、俯けていた顔を上げると、窓のほうを向いたレイモンドの頬に仄かな光が映っていた。

「すまない」

苦しそうに目が閉じられる。奥歯を噛んだのか、口を手で塞いだ彼の首筋が、波打つように盛り上がった。

「すまない」

くぐもった声で、二度、謝った。

百貨店を過ぎた窓の外に、ガス灯に照らされた『アイオーン』の広告が現れる。倒れた狩人の顔は苦悶に歪み、腕は力いっぱい空の精霊へと伸ばされていた。

生きているうちには結ばれなかった二人。幸せな結末を迎えられなかった恋人たち。

「……いえ、すみません、僕こそ」

だが二人は愛し合っていたのだと思うと、先ほどとは違う震えが全身に襲いかかった。

恥ずかしくて、悲しくて、怖くて、小さく体を縮こませる。

レイモンドは自分を愛してなどいなかった。自分が寄り添おうとしても、彼は幸せになるどころか胸を痛めただけだった。

彼に愛されているのではないかと、自分がうぬぼれていただけだったのだ。

こんなことなら告白しなければよかった。せめて屋敷に帰ってからにすればよかった。いたたまれない。今すぐ消えてしまいたい。でも。

「すみません、レイ様」

羞恥の嵐が過ぎると、レイモンドのことが気にかかった。

断られた自分よりもむしろ、断ったレイモンドのほうが苦しそうな顔をしていた。

より気まずいのは彼のほうなのではないか。

アシュリーを傷つけてしまったと、優しい彼は責任を感じているのではないか。

また激しく胸が痛む。決してレイモンドを苦しめたいわけではなかった。

ただ、彼と幸せになれるのではないかと、淡い夢を見ただけだ。

「本当に……すみません」

青騎士竜が見えてくる。

菓子の箱を掲げた柔らかな笑顔が、ひどく懐かしくて遠かった。

懸命に泣くのをこらえたのが功を奏し、翌朝みっともない顔を曝すことはなかった。

レイモンドも笑顔で挨拶をしたアシュリーに虚を衝かれたような顔をしたが、おそらくはアシュリーの思いを汲《く》んだのだろう、普段通りに接してくれた。

これでよかったのだと、日曜日の賑々しい朝食を皆で囲みながら思う。

勝手に告白して玉砕したのはこちらの責任なのだから、悲しい顔をしてレイモンドに負担をかけるのは間違っている。

これは仕方がないことだ。自分は彼を好きだが彼は違ったのだ。想いを伝えて、はっきり断られたのだから、いつかここから出て行くしかない。

「オリヴィア、いつか本を読んだらどんな話だったか教えてくれるか。私は無教養な人間だから、小説にはとんと疎《うと》くて」

そう言ったレイモンドに、オリヴィアは誇らしげに笑った。

「いつかお時間をいただけたら光栄です。本当にそんな日がきたらすべてアシュリー様のお蔭ですわ。ああ、アシュリー様、そのときはぜひ一緒に旦那様にお話ししましょう」

アシュリーも笑った。

「ええ、そうですね。大丈夫、ミセス・オリヴィアなら必ずできますよ」

できればそのときまで屋敷にいたい。

どうか、少しでも長く彼の傍にいられますようにと願いながら、アシュリーは紅茶を飲み干した。

それから慌ただしく日々が過ぎた。

十一月も終わりに近づき、庭先に霜が降りるようになったが、アシュリーはできるだけ足取り軽く、常に笑顔でいるよう心掛けていた。

実際、落ち込まないようにほかのことを考えるようにしていた。

記憶が戻る気配はまるでないが、基本的にアシュリーは健康で、成人していて、自分一人で生きていける力がある。だから、どれだけここにいたいと願ったところでそう長くはいられないだろうし、それならば今ここでできることをやっておいたほうがいいと思った。

あることに思い至ったのはその自然な結果だ。

首都に行って以来、フィルと気軽に話すようになっていたので、まずは思いつきを彼に相談した。

フィルは、協力はするが、どう始めるかの判断は自分にはできないので、レイモンドかアルバートに相談したほうがいいと助言してくれた。

執事室を訪れたのは十一月二十八日。

レイモンドに振られてから、三週間と少しが過ぎていた。

「ほかの使用人にも、ですか？」

アルバートは新聞を切り抜いていたようで、机の上には銀の鋏《はさみ》とスクラップブック、切り抜かれた昨日の新聞が置かれてあった。

彼はいつも通り座らなかったので、アシュリーも立ったまま話をした。

「はい。ミセス・オリヴィア以外にも、文字を覚えたいけど機会がないという人がいると思うのです。そういった方たちを集めて教えられたらと思って」

オリヴィアに文字を教えていることは既に伝えてあるため、単刀直入に切り出した。

アルバートは最初にごく真っ当なことを確認してきた。

「旦那様はその件をご存じでしょうか」

「あ、いえ、まだですが」

笑顔で接しているものの、まだレイモンドと二人きりで向き合う勇気はない。

先にレイモンドに話すべきだったかと反省したが、幸いアルバートの返事は頼もしかった。

「分かりました。では私から報告いたします。早速ですが、まず私のほうで学習希望者を募ります。人数が多いようであれば時期を分けますが、どちらにせよ来年からになると思います。それでよろしいですか？」

「はい、大丈夫です。それと、教えるのにどこか使っていいお部屋はありますか？」

「蔵書室でよいでしょう。あそこなら長机も椅子も充分あります。ノートやペンなどはこちらで用意いたしますが、アシュリー様のほうで何か必要なものはございますか？」

アルバートが心強い同志のように感じられる。アシュリーは笑顔で首を振った。

「いえ、特にありません。この前必要な本も買って来ましたし、あとは僕がもっと勉強するだけです。では、まずは勉強したい人を募るところからですね。お手数をおかけしますがよろしくお願いします」

アルバートの仕事を増やしてしまったとはいえ、彼の協力がなければ実現は難しかっただろう。

心からの感謝を込めて頭を下げると、思いがけず礼を返された。

「こちらこそよろしくお願いいたします。準備が整いましたらご連絡差し上げます。アシュリー様、申し遅れましたが、屋敷の使用人たちに気を配っていただきありがとうございます」

自分がやりたくてやっていることでも、こう言われればやはり嬉しい。

「皆さんによくしていただいているのは僕のほうです。ミスター・アルバートにも本当に感謝しています。それでは僕はこれで。お忙しいところすみませんでした」

切り抜き途中の新聞記事に急かされるように、もう一度会釈をする。

これ以上邪魔をしてはいけない。アルバートのお蔭で話が早く済んだのだから、ここは早々に退室すべきだと思った。

「アシュリー様」

けれど、アシュリーを引き留めたのはアルバートのほうで、改めて目を合わせると、彼はおもむろに金の睫毛を上下させた。

「大丈夫でしょうか」

なんのことかと頭に疑問が浮かぶ。自分が文字を教えることに何か不安があるのかと思ったのは一瞬だった。

「あ……大丈夫です。僕なら」

気を遣わせないよう殊更大きく笑った。

見合いの状況を話しているくらいなのだ。レイモンドはアシュリーを振ったこともアルバートに伝えているのだろう。

アルバートがレイモンドの気持ちを誤解していたとしても、その言葉を真に受けて告白したのはアシュリー自身だ。振られたのはアルバートの責任ではないし、彼が気にする必要もない。

「悲しくないわけではありませんが……仕方のないことです。レイ様は素晴らしい方ですから、最初から僕には手の届かない方だったのです。ですからどうぞご心配なく。ああ、もしかしたらミスター・アルバートは僕の気持ちに気づいておられたのですか？　僕自身はっきりと分かっていなかったのですが、きっとそうなのでしょうね。だから僕を励まそうとしてああ言ってくださったのですね」

間違いなく伝えようと思うと、どうしても口数が多くなる。

アルバートが唇を開いたのを見て、アシュリーはようやく言葉を止めた。

「なんのこと……でしょう。もしや旦那様と何かあったのですか？　私はアシュリー様が近頃お元気すぎるので、それが少々気になっていたのですが」

かけられた言葉は意外なもので、つい思うままを答えた。

「え……？　レイ様から聞いていらっしゃいませんか？　その、僕に告白されたけれど、断ったと」

アルバートが目を見開き、倒れる寸前のように斜め上を仰ぐ。そして右手で目元を覆うと、彼はそのままぴくりとも動かなくなった。

初めて見る仕草にうろたえていると、地を這《は》うような低い、苦々しい声が聞こえてくる。

「まったく……誠実すぎる人というのはたまに首を絞めてやりたくなりますね」

「は……？」

首？

聞き間違いかと思ったが、アルバートは丁寧に繰り返した。

「誠実すぎる人は首を絞めたくなると言ったのです、アシュリー様」

目から手を外し、アシュリーを真っ向から見てきた顔は真剣そのものだった。

アルバートは溜息をつき、アシュリーの狼狽に構わず諄々《じゅんじゅん》と説き始めた。

「ひとまず……明日にでも旦那様に文字の授業のことを伝えていただけますか？　私からも報告いたしますが、アシュリー様からも直接ご説明いただいたほうがいいと思うので。食事のついでの無駄話と思われてはいけませんから、きちんとお一人で旦那様のお部屋をお訪ねになってください」

常軌を逸した美貌のせいか、彼には相手に否とは言わせない凄《すご》みのようなものがある。

「わ、分かりました。そうします」

なんにせよ、いつまでもレイモンドと向き合うのを避けてはいられない。

気圧《けお》されて頷きながら、これも一つのいい機会だと思った。

「アシュリーか？　今開ける」

――平常心、平常心。

ドアの前で両手を組み、組んではほどき、撫でたり揉《も》んだり。

冷たい手を温めるためという以上に、どうにも落ち着かなくて無意味な動きを繰り返してしまう。

応じたレイモンドの声は意外そうだった。アルバートが来訪を伝えてくれているものと思っていたが、違うようだ。いや、こんな夜ではなくもっと早くに来ると思っていたのではないか。

寝室にいるのだから仕事は終わっているはずだけれど、就寝の邪魔にならないよう早く切り上げなければ。

「アシュリー、どうした」

悶々としているうちに現れたレイモンドは、やはり驚いた顔をしていたが迷惑そうではなかった。

彼と二人きりで対面するのは久しぶりだ。まごつきながらアシュリーは口を開いた。

「あの、遅くにすみません。レイ様に一つご報告があるのですが、少しよろしいでしょうか」

「報告？」

一度問い直しただけで、すぐに「もちろん」と中に入れてくれたレイモンドにほっとする。

しかし、彼の部屋の匂いを感じた瞬間、止めようもなく胸の奥がずくりと疼いた。

ここで彼の心の音を聞いた。

彼のことを愛しいと思った。

「報告とは？」

部屋は相変わらず整然としていて、コートハンガーに上着が掛かっているのもあのときと同じだったが、今は暖炉に火が入っており、レイモンドもウエストコートを脱いだシャツ姿だった。

レイモンドは炎の中に薪《まき》をくべ足しながら訊いた。

「はい、あの、以前ミセス・オリヴィアに文字を教えている話を……しましたが」

馬車での会話を思い出し、感傷に囚《とら》われそうになったが、自分を叱咤《しった》した。

「今回、お屋敷で働くほかの方たちにも教えることになりました。昨日ミスター・アルバートに相談したばかりなのでまだ始まっていませんが、来年にはできるように調整してもらっています」

暖炉脇の小卓で、大きな水差しとボウルが黄金の光を跳ね返している。

水差しを傾けて洗った手を、レイモンドは丁寧に手巾《しゅきん》で拭ってアシュリーに向き直った。

「その話なら今朝一番にアルバートから聞いたよ。そういえばきちんと君に礼も言っていなかったな。オリヴィアのことといい、屋敷の者を気遣ってくれてありがとう。こうして報告してくれたことも……嬉しく思っている」

労《ねぎら》いの言葉に喜びが込み上げた。

「レイ様に喜んでいただけて何よりです。自分がしたかったことなのでお礼を言うのはこちらのほうなのですが、皆さんの……レイ様のお役に立てるなら、本当に嬉しいです」

無理なく笑みが零れ落ちる。彼の前でようやく肩の力を抜くことができた。

恋愛感情がなくともレイモンドは変わらずこちらを気にかけてくれている。

それだけでいいではないか。

「どうして……」

暖炉の火が勢いよく、高くまっすぐ上る。

呟くように言ったレイモンドを見ると、彼は笑顔を潜めて深刻とも言える顔になっていた。

「君は、どうしてそこまでしてくれるんだろう。私が君を引き取ったにせよ、なぜ屋敷の者にまで」

レイモンドに真顔で見つめられると、体にふたたび緊張が走る。

返事に詰まったのは答えが分からなかったからではなかった。

嘘はつけない。どれだけ諦めようとしても心は変えられない。

濁りのない瞳も、引き締まった頰も、内面の穏やかさが感じられる緩やかに波打つ胸も。

「僕は」

この人のことが、好きだ。

「目覚めてから記憶がなくて、ずっと不安でした。でも、レイ様や皆さんがいてくださったお蔭で、なんとか過ごしてこられました。引き取られたのがこのお屋敷でなければここまで元気になれていたか分かりません」

そこでいったん言葉を切った。

レイモンドも屋敷も大好きだからこそ、ここを出る日のことを考えただけで涙が出そうになった。

「だから、ずっとお礼をしたいと思っていました。今の僕にできることは少なくて、レイ様にしていただいた分はとても返せないけれど、でも、少しでも、あなたに何かを返せたらと思って」

かぶりを振った。

違う。そうではない。それだけではなく何かを、恩を返す以上のことを自分はしたかった。

何か――ここを離れても、レイモンドと繋がっていられる何かを。

「レイ様は、自分がやりたいことをするためには国が安定していなければいけないと言いました。産業が発展すれば国が豊かになって教育が行き届くとも。僕はそれを聞いて、自分にも何かができたらと思ったのです。僕にはレイ様のような経営の才はなくて、本当にささやかなことしかできないけれど、それでも、少しでもレイ様の思いを……レイ様が想像する未来を、一緒に作れたらと思って……」

鼻がつんとして俯きそうになったが、俯かなかった。

きっと、レイモンドに気持ちを伝えられるのは、これが最後だ。

「もちろん、レイ様に付き纏うような真似はしません。僕がそう思っているというだけのことです。でも、い……いいですよね。レイ様を好きでいることくらい」

笑ったのは無理にではなく、レイモンドを好きだと言えたことが嬉しかったからだ。

この人と出会えてよかった。彼と出会えた自分は幸せだ。

これほど好きになれる人は、多分もう二度と現れない。

息を呑んだレイモンドが拳を口にやる。見えない何かを追いかけるように瞳がさまよった。

「君は、それほど私のことを……？」

戸惑いが伝わってきてまた困らせているのかと思ったが、馬車の中でのように拒まれなかったことを幸いに、レイモンドの瞳をしっかりと見つめた。

「僕は、そんなに簡単な気持ちであなたに求愛したのではありません」

レイモンドは目を瞠《みは》りながらも、アシュリーの視線を受け止めてくれた。

「ロドンス・リトスで教えていただいたことを覚えています。僕はあなたに恋をする前にあなたを一人の人間として尊敬しました。あなたの愛が得られなくてもその気持ちに変わりはありません。これからも、僕は僕のやり方で、尊敬するあなたと同じ道を歩いていきます。いつか、このお屋敷から出て行っても、何年経っても」

どれだけ遠くにいても、何が二人を裂いても。

「あなたは、僕の、生涯でただ一人の大切な人です」

レイモンドが放心したように動きを止めている。

一瞬一瞬の、すべての彼の姿を目に焼きつけながら、心の中で、どうかこの告白が彼を傷つけないようにと願った。

どうか、レイモンドがこれからも幸せでいるように。

彼の行く先に、もう何も辛いことが起こらないように。

それ以上言うことは何もなく、軽く洟を啜って最後に笑った。

「ではこれで失礼しますね。遅くにすみませんでした」

返事も聞かずに背中を向ける。

晴れ晴れとした気持ちで扉を見つめる。

息が止まったのは、次の瞬間だった。

「……っ……」

胸が何かに潰される。足が一歩も動かない。

「行くな」

掠れたレイモンドの声が、すぐ近くで鼓膜を震わせた。

「アシュリー、行かないでくれ」

何が起こっているのだろう。

後ろからきつく抱かれている。互いの心臓が張り裂けそうなほどに高鳴っている。

「君を……手放さなければいけないと思っていた」

レイモンドが話すたびに吐息に髪を梳《す》かれ、首筋が震えた。

「君はここから出て行ったほうが幸せになれると、私と離れるのが君のためなのだと思っていた。だが……」

レイモンドの手の力が強くなる。摑まれた二の腕が、痛い。

「無理だ。君を諦めることなどできない。君を……離してやれない」

抱き締められた体が小刻みに震えてくる。これは自分の願望が見せた夢だろうか。

「レ……イ様は……僕のこと……」

優しい手つきでレイモンドのほうを向かされた。腰を抱かれるとダンスをしているようだが、彼の右手が今はアシュリーの頰に添えられている。

熱を灯した瞳で見つめられ、頰を親指でなぞられた。

「愛しているよ。初めて見たときからずっと……君のことを愛していた」

レイモンドに触られている頰の上を、涙が一筋伝い落ちる。

「君を傷つけてすまなかった。でも許してもらえるなら私から改めて求愛させて欲しい。君を愛している。私も君と同じ道を歩いて行きたい。もちろん離れ離れではなく隣で」

涙が溢れてくる。

「これは嬉しいからだと思っていいのかな？」

困ったように微笑むレイモンドに、しゃくりあげないよう唇を嚙みながら頷いた。

嬉しい以外の意味があるわけがない。幸せや喜びの気持ちもそこに含まれているなら。

「僕……僕で、いいのですか？」

「君がいい。君じゃなければ駄目だ。アシュリー、私はもう君を離さない。何があっても」

不意に、真剣な、思い詰めたような顔で告げると、レイモンドは親指をアシュリーの頰から唇へと移動させた。

「キスをしても……？」

薄い粘膜をささやかな力で押され、瞬きで気持ちを伝える。

瞼を閉じる前に端整な顔が近づいてきて、そっと唇を重ねられた。

唇の柔らかさ、温かさ、吐息の速度。

幸福。

それらを繰り返し淡いキスで伝えたあと、レイモンドはアシュリーの唇に舌をゆっくり差し入れてきた。

「私のアシュリー……愛しているよ」

唾液と一緒に言葉を飲まされ眩暈がする。口づけはもちろん、舌と舌を触れ合わせるのも初めてだったが、不思議と恥ずかしいとは思わず幸せだけが満ちてくる。

「んっ……ん……！」

けれど、舌を強く吸われたとき、それまでにない腰の痺れを感じて彼の胸を押してしまった。

「す、すみません……僕……」

自分で自分の体が信じられず、咄嗟に顔を逸らしてしまう。

キスだけで兆してしまったことをレイモンドはどう思っただろうか。

これまで触れ合うことは何度か考えたが、誓って口づけ以上に彼を穢《けが》したことはなかった。たとえ夢であっても彼の服を剝《は》ぐのは何かいけないことのような気がしたのだ。

「アシュリー、君をもらうよ。いいね？」

だがレイモンドはアシュリーの腰を抱き戻し、熱を知らせるように優しく体を当ててきた。

触れた箇所から彼も同じ望みを抱いていることが感じられる。

足から力が抜ける。瞳を交わしただけでレイモンドはアシュリーの肩を抱いて壁際に行った。

紐が引かれ、呼び鈴が鳴って間もなく、ドアの外にフィルが到着する。

「人払いをしてくれ。いいと言うまで誰も近づけるな。お前ももう休んでいい」

了承するフィルの声が、どこか遠くで聞こえた。

抱き竦められ、髪の中に手を入れられ、最初から唇を割られて激しく舌を搦《から》め取られる。

息が苦しくなる前に唇を離され、代わりに軽々と横抱きにされた。

「アシュリー、痛いことはしない。約束する。だから怖がらないでくれ」

ベッドに下ろされながら言われ、今更のように緊張した。レイモンドを怖いと思ったことはないが、こんなときにどうすればいいのか分からない。

こんなとき――大好きな人と肌を合わせるとき。

「あ……僕、まだお風呂に」

「あとで一緒に入ろう」

アシュリーを跨いで膝立ちになったレイモンドは、自分のクラヴァットをほどいてサスペンダーを両肩から外した。

続けて甘い匂いをさせてシャツを脱いだが、それらの動作はすべてアシュリーを見たまま行われた。

逃がさないとでも言うような視線に心を捕われる。

繋ぎとめられて、けれど、アシュリーも露わになったレイモンドの半身から目を逸らせなかった。

知らなかった。レイモンドはこんなに着やせをするのだ。

優しい眼差しと背の高さにばかり気を取られていたが、彼の体は荒野を生き抜く野生動物のように、無駄がなく、研磨されていて、正しく抑制されていた。

生きる意志そのものの筋肉に覆われた体が、ゆっくりとアシュリーに被さってくる。

怖がらせないためか、また何度もあやすような口づけをしながら、レイモンドはシャツの上からアシュリーの肩や腕を撫でさすった。

「んっ」

指先が鎖骨を通り、胸の小さな頂《いただき》に触れる。

「ここは気持ちがいい？」

粒の上で優しく円を描かれたが、返答に困った。レイモンドの手を避けたいわけではないのに、腰が逃げるようによじれてしまう。

「すみません……。くすぐったい、です」

子供に興味はないと言っていた人だ。もしかしたら経験のない――少なくともアシュリーの記憶にはない――体をつまらないと思ったのではないか。

心配は取り越し苦労に終わった。レイモンドは艶めいた笑みを見せ、アシュリーの鼻の頭に音を立ててキスしてきた。

「くすぐったくてよかった。でも気持ちよくなったら教えてくれるか。私はこれから君をたくさん愛して、たくさん気持ちよくしたいと思っているから」

「は……い」

官能を正直に伝えることに抵抗を感じないと言えば嘘になる。でも、それがレイモンドの望みならば叶えたいし、相手に気持ちよくなって欲しいと思うのはアシュリーも同じだ。

答えるとボタンをすべて外され、シャツを腕から抜かれた。耳を甘く噛まれ、愛していると何度も囁かれながら、小さな粒を指先でいじられる。

やはりくすぐったくて、もぞもぞと腰を動かしていると、レイモンドが笑いを噛み殺して首筋に口づけてきた。

「君は本当に愛らしいな。食べてしまいたいというのはこういうことを言うのだろうな」

鼻先で首筋を、鎖骨を、乳首をこすられる。ついでのようにそこにキスをされ、またくすぐったくて腰を跳ねさせた。

「レイ様っ……」

少し責めるような目で見ると、レイモンドのほうがくすぐったそうに含み笑った。

「ごめんごめん。遊びはここまでだ。ちゃんと……気持ちよくしてあげるよ」

上目遣いで見てくるレイモンドの瞳が、暗がりの中で濡れたような光を放った。

レイモンドは左腕でくるむようにアシュリーを抱き、右手で薄い腹を撫でたあと、片手で器用にアシュリーのブリーチズのボタンを外した。

ブリーチズの中に入った手が、下着の上から優しくアシュリーを包み込む。

それだけで爪先を丸めてしまったが、なんとか官能から意識を逸らしてアシュリーは言った。

「あの……僕、どうすれば……」

「どうすれば、とは？」

指先が、下から持ち上げるようにアシュリーの袋を揉む。

「ぼ……僕もレイ様に触ったほうがいいですか？　すみません、どうしたらいいか分からなくて」

額に口づけられた。

「可愛いな……。君は本当に可愛い。それじゃあ、両手を私の胸に置いてくれるか」

「こ、こうですか？」

愛し合うにしては不思議な体勢だなと思いながら、肘を曲げて両手をレイモンドの胸に置く。レイモンドに抱かれているので、そうすると体全部が彼の胸の中に収まった。

「こうすればすぐに温かくなる」

優しく微笑まれて、体よりも先に心が隅々まで温かくなり、泣きそうになった。

「ん……あっ……」

それからはもう言葉にならなかった。

布越しに撫でられる柔らかな刺激に肌が粟立《あわだ》つ。下着ごと下衣《かい》を脱がされ、直接先端に触れられたときは息が詰まったが、レイモンドは決してアシュリーに痛みや苦しみを与えなかった。

レイモンドの愛撫《あいぶ》はどこまでも優しい。

安心して身を委ねていると、まるで太陽に温められた水面《みなも》に浮かんでいるような気分になる。

「あ……レイ様っ……離し……」

恋人の丁寧で繊細な導きに、果てがすぐに訪れる。口では離してと言いながら、レイモンドの胸から離れたアシュリーの手は自然と彼の首を引き寄せていた。

「大丈夫。安心しておいで」

レイモンドの手の動きが速くなる。濡れた音に頬を燃やしながら、アシュリーはレイモンドにしがみついて背筋をびくびくと震わせた。

脱力してベッドに沈んだ髪に、頬に、唇に、キスが落ちてくる。

アシュリーの呼吸が落ち着くまで、レイモンドは柔らかな力で抱き続けてくれていた。

「気持ちよかった？」

目を閉じたまま頷くと、レイモンドが身を起こす気配がした。

「よかった。じゃあそのままゆっくり休みなさい」

慌てて目を開ければ、レイモンドはベッドから下りようとしていた。

「レイ様、どこに……」

レイモンドの腕を引き留めると、彼は濡れていないほうの手でアシュリーの頭を撫でてくれた。

「どこにも行かないから心配しなくていい。君の体を拭くだけだよ」

レイモンドはそう言ったが、アシュリーはたまらず首を振った。

休みなさいと言うからには彼はこれで終わりにするつもりなのだろう。

しかし、これでは駄目だ。「アシュリーをもらう」と言ったのに、これでは彼は何も得ていない。

「レ……レイ様が、まだ」

「私は大丈夫。今日は君の可愛い顔を見られただけで充分だ。何も心配しないで眠りなさい」

眠れるわけがなかった。

「嫌です。僕もレイ様に気持ちよくなって欲しい。僕も、レイ様のを、手で……するので……」

レイモンドは熱い息を吐くと、いよいよ困ったように眉根を寄せ、濡れた手で少しばかりアシュリーの腰骨に触れた。

「アシュリー、実を言うとね、これでも私はかなり我慢をしている。私は今死んでもいいと思うほどに幸せで、だから君に少しも苦しい思いをさせたくないんだ。正直、今自分を解放したら手で済ませられる自信がない。そういうことだから……分かってくれるね？」

彼の言いたいことは分かり、唾を飲んだが、考える時間はそれだけで充分だった。

「僕、大丈夫です。レイ様にして欲しいです。レイ様も気持ちよくなってくれないと……一緒に幸せを感じてもらえないと、逆に不安なのです」

目を見開き、先ほどより深い溜息を吐いたレイモンドは、それから脱力したようにアシュリーの上に倒れ込んだ。

「そう言われたらするしかないじゃないか……」

抱き締めてきた腕が震えている。声から躊躇が感じられたが、アシュリーとて伝えた言葉に嘘はなかったので取り消すつもりはなかった。

彼に辛い思いをさせたくない。レイモンドが幸せでないと感じると——どうしようもなく胸が騒ぐ。

「あ……」

濡れたままの指が、尾骶骨《びていこつ》から尻の狭間《はざま》に下りてくる。

「本当に分かっている？　私は君のここを通して君と一つになりたいと思っているんだよ」

辿り着いた窪みの表面を、しなやかな指が微かになぞった。

「分かって……います。僕もレイ様と一つになりたい」

告げると、レイモンドが胸を大きく上下させて深く口づけてきた。

指が窪みを繰り返し撫で始める。その合間に訪《おとな》うように軽く指先で叩かれる。

「少しでも痛かったら必ず言うんだよ」

レイモンドの首に腕を回し、彼が動きやすいように少し足を開くと、レイモンドは焦《じ》らすことなく指を静かに沈め始めた。

「ん……くっ……」

「力を抜いて。大丈夫。今日は少ししかしないから」

指が僅かに進み、すぐに抜ける。緩やかな往復に慣れてきた頃、馴染ませるように指を中に留め置かれる。それが何度も繰り返される。

交合の前の長々とした儀式に、先に音を上げたのはアシュリーのほうだった。

「もう、レイさま……大丈夫ですから……っ」

洟を啜るなり指が抜かれ、それまでより強い力で膝の裏を持ち上げられた。

アシュリーの足の間に腰を入れ、レイモンドが素早く前を寛《くつろ》げる。

取り出されたレイモンドは肉体に見合う雄勁《ゆうけい》さを誇っていたが、彼はそれを少しも見せつけず、柔らかくほどいたアシュリーの窪みにあてがった。

「息をして」

「ひ……あ……」

レイモンドが腰を進めると、閉じていた粘膜が彼の形に広げられていく。

もう大丈夫だと思ったのに、予想以上の圧迫感に体が勝手に逃げを打った。

「アシュリー、これだけだ。今日はここまでしか入れない。大丈夫だから目を開けて」

いつ閉じたのか分からぬ目を、言われた通りに開けた。

そうすると、汗で額を濡らしたレイモンドの微笑みが見えて、瞬時に体から力が抜けた。

彼が、自分と繋がって、幸せそうに笑っている。

「僕、レイ様と繋がって……」

うわごとのような言葉は、優しい頷きに受け止められた。

「ああ、そうだ。今私たちは繋がっている。君が繋げてくれた」

「レイ様……気持ちいい、ですか？」

「ああ、とても気持ちがいい。アシュリー、私が今どれだけ幸せか分かるか」

おそらく、アシュリーの内部を感じているのはレイモンドのほんの先端だろう。

それでも、彼は幸せだととろけそうな笑顔で言ってくれた。

「アシュリー、愛している。もう君を離さない」

「……くも、僕も、レイ様が好き……。レイ様を、愛しています」

レイモンドが目を閉じて腰を揺らし始める。

心地よくて、恋しくて、愛して、愛されて。

とても、とても。

夢のように幸せだった。

曙光《しょこう》を透かす窓の外で冬鳥が鳴いている。

十二月に入り、寒さはすっかり本格的になっているので、これは渡り鳥ではないのだろう。

生まれてから死ぬまでひとところに留まる、長くは飛べない小さな鳥だ。

「ほら、半分入るようになったよ。分かる？」

「あ、あっ……レイ様っ……」

初めて体を繋げた翌日にはレイモンドの部屋で寝起きするようになった。

当然レイモンドとアシュリーの関係は公になったが、それによって態度を変える者は一人もおらず、アルバートにしろフィルにしろ、喜びの言葉一つ述べないのがアシュリーにはありがたかった。

もう何年も前からそうだったように、連日レイモンドに愛されている。

皆がいる場で労られ、頭を撫でられ、二人きりのときには体の深くに触れられる。

「少し動くからね。痛かったら言うんだよ」

「ま、待って、レイ様……そこ、や……」

繋がったレイモンドに軽く揺すられ、体に衝撃が走って身を竦めた。

「痛い？」

「痛くはないですけど、何か……痺れるみたいで」

レイモンドのくびれが内部のある箇所を掠めると、腹の底が痺れて背筋がしなる。

これまで覚えたことのない感覚が少し怖くてアシュリーが訴えると、レイモンドは笑みを湛えたまますっと目を細めた。

「そう……。そこでもとても気持ちよくなれるけど、また次にしよう。今はこちらで気持ちよくなろうね。ここもとても感じやすくなった」

　静かに自身を抜き差ししながら、レイモンドがアシュリーの乳首を親指で撫でる。優しくつまんで揉まれ、時折爪の先で弾《はじ》かれるだけで青い茎から蜜が零れる。

「レ……様……もうっ」

　腰の動きを保ったまま、レイモンドは片手でアシュリーを追い立てた。

　肩に両手をかけるとキスをされる。浸み込んでくる甘い蜜に陶酔しながら、アシュリーは小さく身震いして大きな手の中に精を放った。

「く……」

　直後、レイモンドが腰を止めてアシュリーの中から自身を抜く。朦朧《もうろう》としながら薄目を開けると、左手で自身をこすりながら、右手で枕元の布を掴むレイモンドの姿が見えた。

　固く瞑られた目。小さな浅黒い乳首。濡れた吐息を漏らす唇と、手の甲の血管。

「すまない。君に少し零してしまった」

　息を荒らげながら、布で自身を包んだレイモンドが謝る。

　アシュリーの腹には二人が放った雫《しずく》が零れていて、朝日を含んで白く光っていた。

「ああ、最高だ」

　冬鳥が飛び立って行くはたはたという音がする。

　新しい布でアシュリーの腹を拭い、レイモンドはアシュリーの隣にうつ伏せになると、安心した様子で枕を両手で抱え込んだ。枕に頬を埋めてこちらを見る瞳が最高の幸せを物語っている。

「はい。僕も最高に幸せです」

アシュリーもレイモンドを真似てうつ伏せになり、毛布を二人の肩まで引き上げてから彼の頬に手を伸ばした。

無防備に黒い睫毛が伏せられるのが、愛おしい。

胸を震わせながら、より体を近づけ、アシュリーは胸の中にレイモンドを引き寄せた。

「痛かった……でしょう」

広い背中を、撫でる。

レイモンドはアシュリーの胸に頬を擦り寄せた。

「そんなものなんでもない。今が幸せだからそれでいい」

レイモンドの背中の傷痕に気づいたのは、二度目に抱き合ったときだ。無数の細長い傷痕は薄く、不規則に散らばっていて、小さな背中につけられたものが、成長に伴い引き伸ばされたものだと察せられた。おそらくは鞭打たれたもの。どれも体の前側からは見えないが、二の腕にまで傷がある。

「触らなくていいよ。そんな醜いもの見なくていい」

「醜くなんてありません。醜いのはこの傷をつけた人たちです」

怒りをぶつける先はなく、アシュリーは震えながらレイモンドを掻き抱いた。

胸が痛い。どうしてこんなに優しい人が傷つかなければいけなかったのだろう。

「僕はあなたを傷つけた人を許せない。僕がその場にいたら絶対あなたを守ったのに」

以前と同じことを、そのとき以上に強く思うと悔し涙が浮かんだが、レイモンドは宥めるように逆にアシュリーを胸に抱いた。ぽん、ぽん、とまるで子供にするように肩を叩かれる。

「過去のことを考えるのはやめよう。大切なのは今だ。私は君がここにいてくれればいい。アシュリー……この先何があっても私の傍にいてくれるか？」

消え入りそうな声に、何を言っているのかといささか憤慨する。

「当たり前です。僕はずっとずっとレイ様の傍にいます。レイ様が嫌だって言っても……離れません」

ぎゅっと腕に力を入れられ、抱かれたまま二人で左右に転がる。

ありがとう、と囁いてきた声が震えていた。

「……まいったな。また欲しくなってしまった」

毛布を剝いで膝立ちになり、レイモンドが額に張りついた前髪を搔き上げる。

そうすると、右腕の付け根の傷痕が見えて切なくなったが、キスをされながら脇腹をこすられ、否応もなく笑いが零れた。


気温が一気に下がったのは、その週の土曜日だった。

「やあやあ、主役のお出ましだ」

レイモンドとアシュリーが会員制のサロンに入ると、隅のソファにいた四人の男が立ち上がった。

奥にもう一部屋あり、その先は中庭になっているようで、扉の透かし窓から明るい光が射し込んでいる。アシュリーたちのいる部屋には暖炉があるためやはり明るかったが、グランドピアノがある一角は闇に沈み、蠟燭に照らされたピアニストの手が静かなプレリュードを奏でていた。

「あの……僕、何か見られている気がするのですが」

レイモンドといるからか、方々からちらちらと視線を感じる。

「君が可愛いからだよ」

少々落ち着かなかったが、アシュリーはレイモンドに倣《なら》ってシルクハットを脱ぎ、バーカウンターやカードテーブル、ビリヤード台の間を通り抜けて奥に向かった。男性のみの社交サロンのようで、上品な黒を基調とした装飾の中、雪の白と青い星で飾られた大きな樅《もみ》の木が目に眩しい。

十二月も半ばを過ぎ、あと十日もすればセリーニ最大の祝祭、神の降誕祭がある。

昨晩眠りにつく前、ベッドでアシュリーを抱き締めながら、明日首都に行かないかとレイモンドは提案した。

街が華やかに飾られている。君に綺麗なものをたくさん見せたい。せっかくだから友人たちにも君を紹介しよう。

楽しい思い出をたくさん作るんだ。アシュリー、二人の人生をこれから始めよう。

「遅くなってすまない。道が混んでいてね。待たせたか？」

到着した二人に最初に両手を広げたのは灰茶色の髪の紳士だった。睫毛が上下とも瞬くたびに音がしそうなほど濃く、歯を見せて笑う。

「いや、僕たちも今集まったところだ。やあ、こちらが君の愛しい人か。早速紹介してくれたまえ」

レイモンドの愛しい人と言われて頬が熱くなり、助けを求めて見上げると、レイモンドは安心させるようにアシュリーの背中に手を添えた。

「こちらがアシュリーだ。これから私と一緒にいることも多くなると思うからよろしく頼む。アシュリー、彼はヒューゴ・グリフィス。仕立屋をしている」

アシュリーが頭を下げかけたところで、ヒューゴが顔の前で人差し指を振った。

「ノン。仕立屋ではなくクチュリエと言ってくれたまえ。僕はあちらでも『ヴェルヴェットの貴公子』と呼ばれていてね。アシュリー、よろしく。服が必要なときにはいつでも僕に相談しておくれ」

差し出された手を緊張しながら握り返し、答えた。

「よろしくお願いします。あの、僕、ミスター・グリフィスのこと知っています」

その瞬間、全員が動きを止め、驚かせたのだろうかと恐縮したが、説明しようとしたところでレイモンドが問いかけてきた。

「知っている……というのは？」

レイモンドとヒューゴの顔色を窺いつつ、おずおずと答えた。

「あの……新聞でお写真を見ました。セリーニが誇る神の手を持つクチュリエだと。貴族の男性も女性もミスター・グリフィスの服を欲しがっていて、三年先まで予約でいっぱい、なのですよね？」

打ち明けた途端、凍りついていた空気が一気に溶解するのが分かった。

緊張が解けたことに安堵していると、ヒューゴが再度陽気に腕を広げた。

「やあ、僕の顔を覚えていてくれて嬉しいな。そうだね、ありがたいことにたくさん注文をいただいているよ。でも、僕を知っているならデイヴィッドのことも知っているんじゃないか？」

僕のことはヒューゴで構わないよと付け足しながら、ヒューゴは隣にいた男に視線を投げた。

「知っています」

焦げ茶色の髪の偉丈夫を見上げると、ゆったりと涙袋を持ち上げて会釈される。

ヒューゴは確かレイモンドと同じ歳だったが、こちらの彼は三十五歳だったはずだ。

「お目にかかれて光栄です。ミスター・デイヴィッド・グラハムですね。国内に幾つもあるグラハムホテルの社長で、『ホテル王』と書かれているのを見ました。僕もグラハムホテルには行ったことがあります。紅茶とクロテッドクリームがとてもおいしかったです」

奇《く》しくもレイモンドと伯爵令嬢が見合いをしていたホテル、あれがグラハムホテルだ。

デイヴィッドは微かに口角を上げた。

「それはよかった、アシュリー君。俺も君に会えて光栄だ。どうか俺のこともデイヴィッドと。ああ、もちろんこれもイーライで構わない」

「誰がこれだ」

声を上げたのは隣にいる美青年だった。アルバートと同じく目が覚めるような美貌だが、一つに結わかれた長い金の癖毛と、豊かな表情のせいでまるで印象が違う。

「アシュリー、よろしく。イーライだ。立ったままもなんだし、とりあえず座らないか」

ソファを振り返ったイーライからいい匂いがする。

彼のこともアシュリーは知っていたが、皆が動くのに合わせていったん挨拶を中断した。

一人掛けのソファに最初に座ったのはヒューゴだ。その隣の一脚をあけて、三人掛けのソファにデイヴィッドとイーライが落ち着く。楕円形の大きなセンターテーブルを挟み、向かい側の三日月型のソファにアシュリー、レイモンド、少し間隔をあけてもう一人の青年が腰を下ろす。

「何か飲むかい？」

レイモンドに尋ねられ、アシュリーはテーブルに目を走らせた。飲みかけの四つのグラスと、デイヴィッドの前に火の点いた葉巻が置かれている。記憶にある限り葉巻を見るのは初めてだったが、どこかでその匂いを嗅《か》いだことがある気がした。

「何を頼めばいいか分からないので、レイ様のお勧めのものをいただきます」

「じゃあ軽いカクテルにしよう。まだ四時だからね」

「レイ様も飲まれますか？」

レイモンドは片手で給仕を呼びながら答えた。

「私はやめておく。週明けに大きな会合があるから酒は入れたくないんだ。でも君は飲んでリラックスしたらいいよ。君、すまないがオアシスと水を頼む」

その声に反応して、美貌のイーライが顔を上げた。

「お、今日はレイモンドが付き合ってくれるのか」

受け答えたのはレイモンドではなく、イーライの隣に座るデイヴィッドだ。

「水を飲むだけでお前に『付き合ってくれる』なんて言ってもらえるのか？　なら俺も頼もう。君、水」

イーライが心底嫌そうに顔を歪めた。

「毎日ウイスキー飲んでるやつが意味のないことをするな。あ、『蒸溜所を持ってるんだから仕方ないだろう』って言うのは聞き飽きたからな」

デイヴィッドは肩で笑い、銀皿に灰をなすってから葉巻を口に持っていった。ソファに背をもたれさせ、ゆっくりと葉巻を味わいながら、イーライの金の癖毛を掬《すく》い上げる。

デイヴィッドが口づけると、肉厚の唇から揺らぎ出た煙が、イーライの緩やかな金の波間に漂った。

「イーライ、つれないことを言わずにいい加減俺のものになれ」

イーライが髪を乱暴に取り返す。

「俺はっ、お前のそういう芝居がかった台詞を聞くと鳥肌が立つんだ。それから俺にお前の匂いをつけるなと何度言ったら分かる」

「芝居ではなく素なんだがな。それに、お前に俺の匂いをつけたいんだと何度言えば分かる？」

一人離れた席で豪快に笑ったヒューゴをひと睨みし、イーライがデイヴィッドに言う。

「一生分からないから安心しろ。大体な、レイモンドが恋人を連れて来たっていうのにお前はそれしか言うことがないのか」

「ないな」

「恥を知れ」

デイヴィッドは鼻を鳴らした。

「惚れた相手を口説き落とすのに恥も何もあるか？　なあレイモンド」

話を振られたレイモンドがデイヴィッドではなくアシュリーを見る。

溶けそうに優しい瞳に見つめられ、とくん、と心臓が高鳴った。

「ああ、そんなものを考えている余裕はないな。何をしても傍に置いておきたい、そう思うよ」

折よくカクテルが届き、恥ずかしさを紛らわすために一口飲んだ。口当たりがよく、一口のつもりがそのまますいすい飲んでしまう。

少しリラックスしたからか、言い合いを続けているイーライとデイヴィッドを見て口元が緩んだ。文句を言っていてもイーライは本気で嫌なわけではないのだろう。何せデイヴィッドの隣に座っているのだ。隣にあいた椅子があるのに。

「ああ、ごめんねアシュリー、紹介もせずに馬鹿な話をして。俺は」

アシュリーは微笑んだ。

「大丈夫です。知っています。ミスター・イーライ・タウンゼント。有名な香水の『アムブロシア』も手掛けた、王室御用達《ごようたし》の調香師ですよね。お酒を飲まないのは嗅覚を麻痺させないためですか？」

水の入った青いカットグラスを掲げ、国一番の調香師が笑い返す。

「ご名答。商品のことまで知ってもらえていて嬉しいな。そうだ、忘れないうちにこれを。ちょっとしたお近づきの印《しるし》だ」

イーライは軽く水で唇を潤し、脇にあった紙袋をアシュリーに差し出した。受け取って中を見ると、香水の箱とチュールに包まれたクリームが入っている。

「よかったら使ってくれ。うちは男性向け女性向けと分けていないから、レイモンドから聞いた君のイメージで選んでみたんだけど」

銀色の缶を包むチュールは金色とサーモンピンクが重ねられていて、上品だが自分には少し可愛らしすぎる気がした。レイモンドの中で自分のイメージはどうなっているのだろう。

いささか疑問を抱きながら彼を見ると、その向こうでいかにもこの包装が似合いそうな上品な青年が微笑んでいた。

「ミスター・イーライ、ありがとうございます。それとすみません、僕、そちらの方は知らなくて」

ああ、とレイモンドが青年を見る。向かいに座る三人が大柄なのに対し、その青年はアシュリーと変わらぬ上背で、歳もアシュリーに近かった。すっきりとした目元が綺麗で、顎で切り揃えたまっすぐな髪を片方だけ耳にかけている。

「彼の顔は知らなくても、彼が描いたものならアシュリーも知っていると思うよ」

レイモンドの言葉を受け、青年がにこっと笑った。

「彼はジョシュ・ターナー。画家でね、オペラ座でやっていた『アイオーン』の広告も彼が描いたんだよ」

「えっ……ええっ」

思わず声を上げてしまった。

「オペラが好きなの？」

ジョシュの声は外見通りに透き通っていた。

「オペラは観たことがないので分かりませんが、広告は見ました。素晴らしくて、とても記憶に残っていて……そう、そうですか。観ればよかったな……」

最後は独り言のようになりながら、ほうっと息をついた。

オペラ座の脇を馬車で駆けた夜。あの日はレイモンドに振られてしまったけれど、あの告白があったからこそ今がある。フィルに相談して一歩を踏み出す勇気をもらった。『アイオーン』はアシュリーにとってその象徴とも言えるものだ。

「どうやらアシュリーはジョシュに一番興味を引かれたようだね」

おどけるようにヒューゴが言うと、レイモンドが苦笑した。

「アシュリー、ここにいるのは皆いい男たちだけれど、浮気をしては駄目だよ」

それには少しだけ腹立たしくなり、下唇をきゅっと噛んだ。

「僕は浮気なんてしません。分かっているのに、レイ様にそう言われるのは……心外です」

軽く睨んだはずなのに、潤んだ瞳で見つめられる。

「やあ……この純粋さは……レイモンドが夢中になるのも分かるな」

ヒューゴが呟くなり、レイモンドに肩を抱き寄せられた。

「ヒューゴ、手を出すなよ」

「失礼な！　幾ら僕だって友人の恋人に手を出すわけがないだろう。あ、その目は信用してないな」

「ミスター・クチュリエ、信用されていると思っていたのか……」

顎に手を当て、淡々と呟いたのはジョシュだった。

「ジョシュ、君、僕を馬鹿にしているだろう！」

「してないしてない、ミスター・クチュリエ」

神の名を叫んでヒューゴが頭を抱えてのけ反る。楽しい人たちだ。

「アイオーンは人気だったからまた来年やると思うよ。一緒に行こうか」

ジョシュに誘われ、アシュリーはレイモンドの顔を見た。レイモンドと一緒に行ければと思っていたが、ジョシュともっと話してみたいという気持ちが湧いていた。でもこれを浮気と取られるのは困る。

返事に迷っていると、レイモンドに頭を撫でられた。

「大丈夫。行ったらいいよ。冗談を言ったけれど、本当は君とジョシュが友人になればいいと思っていたんだ。驚くといけないから言っておくと、ジョシュはこの中で唯一貴族でね。子爵家の息子なんだよ」

「子爵家でも僕は次男だから爵位はない。ただの絵狂い。以上」

話せば話すほど興味が湧いてくる。アシュリーは自ら話しかけた。

「あの、ミスター・ジョシュ、ほかにはどんな絵を描いているのですか？」

「ミスターはいらないよ。ジョシュ。ここでは僕も十二歳年上のデイヴィッドですら呼び捨てだ。僕は最初油絵をやっていたんだけど、段々ほかの仕事が忙しくなってきてね。最近は本の挿画とか、商品の広告が多いかな」

アシュリーが身を乗り出したのを見て、レイモンドがジョシュの隣に座るよう促してくれる。

記憶がないことは聞いているのだろうが、ジョシュがそれを気にしている様子はなく、初めて交わす絵や小説の話はいつまで経っても尽きなかった。

二杯目のカクテルが残り少なくなる。灰皿の中でデイヴィッドの二本目の葉巻が短くなっている。どれだけ時間が流れたのか分からないほど、アシュリーは芳醇《ほうじゅん》な空気の中に髪の先までとっぷり浸《つ》かっていた。

「レイモンド！」

席を外していたイーライが、突然血相を変えて駆け寄って来た。

「まずい。馴染みの給仕に今聞いた。支配人の部屋に金獅子の置時計があったそうだ。電信が繋がっているると思ったほうがいい」

息せき切って告げたイーライに、アシュリー以外の四人が硬く顔を強張らせた。

金獅子。電信。

皆の驚愕の理由は分からなかったが、その言葉にアシュリーの心も一気に激しく掻き乱される。

最近どこかで金獅子を見やしなかったか。

見た。

そうだ、見ないはずがない。この国に住んでいて金獅子を見ない日などない。

「アシュリー、出よう」

前置きも説明もなく、立ち上がったレイモンドに腕を引かれて立たされる。

わけも分からずジョシュたちを振り返ったとき、正面扉が大きく開いた。

冷たい空気が吹き込んでくる。

「一同、直れ！　セントフィロマテス公ライアン殿下にあらせられる！」

流れ続けていたプレリュードが途端にやむ。ざわついたのは一瞬で、近衛兵《このえへい》が雪崩れ込んで来ると、寛いでいた男たちが飛び跳ねるように立ち上がった。

通路の両脇に近衛兵が並ぶのに合わせ、脱帽した男たちが一糸の乱れもなく列を作る。

その中にはジョシュも、イーライも、ヒューゴも、デイヴィッドもいて、彼らは通路のほうを向いていたが、レイモンドだけは扉のほうを向き、逆光の中に佇む黒い影を凝視していた。

レイモンドは険しい顔で、アシュリーを自分の蔭に立たせてから皆と同様に列に並んだ。

静まり返ったサロンにカツリという靴音が響く。

重く鋭い音が前を通ると、並んだ男たちが頭を下げる。

その足の主は彼らには目もくれず、まっすぐレイモンドの前に来た。

「レイモンド」

レイモンドが頭を下げる。

ぞっとするほど艶めくテノールに、アシュリーは駄目だと思いながらも王弟殿下を盗み見た。

伝統的な赤の陸軍服を纏う体は、肩幅も胸の厚みももう充分に成人男性のものと言える。身長こそレイモンドに及ばないものの、彼はまだ十七歳だ。伸びしろは計り知れない。

輪郭のくっきりとした精悍《せいかん》な唇。猛々《たけだけ》しい若獅子を彷彿《ほうふつ》とさせる気品を宿した高い鼻筋。

黒髪の下で氷結していたブルーサファイアが、不意にぎらりとアシュリーを捕らえた。

「おい、なぜこいつがこんな格好でここにいる？　話が違うぞ」

眇《すが》めた目で見られてアシュリーは激しく動顛《どうてん》した。

自分は王弟に会ったことがあるのだろうか。どこで？　レイモンドの屋敷で？

頭を上げたレイモンドがライアンを見据えながら言う。

「アシュリー、馬車に行っていなさい」

「で、でも……」

ささやかな抵抗にはなんの力もなかった。

「行くんだ」

驚きすぎて声も出ない。厳しい声音も視線も、こんなレイモンドは一度も見たことがなかった。

ライアンに一礼して列の後ろに下がる。アシュリーに興味はないのかライアンは咎めず、何も命じられない衛兵たちも立ち去るアシュリーを阻まない。

だが、聞こえてきたライアンの声に、アシュリーは愕然として足を止めてしまった。

「跪《ひざまず》け」

振り返ると、レイモンドがライアンの前に片膝をつき、緩慢に、しかし深く頭を垂れるのが見えた。

ライアンがサーベルを鞘《さや》ごと腰から抜き、鞘の先をレイモンドの顎に当て、彼の顔を上向かせる。

「レイモンド、俺はお前を気に入っている。がっかりさせるな」

レイモンドの頬が痙攣した直後、顔を背けて扉を目指した。

外套《がいとう》はフロントに預けたままだった。冷気が耳を切りつけてくる。

だが、寒さよりも、思い出した王弟の視線に体が冷えていった。

あれがレイモンドを「気に入っている」十七歳のライアン殿下。

今見たものはなんだったのだろう。これまでライアンが兄のようにレイモンドを慕っているのだと思っていたが、今の二人は主従——率直に言えば、まるでレイモンドが王弟殿下に隷属しているように見えた。

二人はどんな関係なのか。なぜ王弟が自分を知っているのか。

「話が違う」とはなんだ？

馬車に向かって石畳を大股で進む。何も見ていなかった目の前に、その男は突然現れた。

「おやおや、こんなところで会うとは、あっしにもようやく運が向いてきたんですかねえ」

ぶつかりかけた体を止め、男を見たが、ハンチング帽を被った顔に見覚えはなかった。

眼窩《がんか》が黒く落ち窪んでいるため眉と頬が前に出ている。額に老人のような横皺が刻まれているが、声はそれほど老いていない。

「どなた……でしょう」

警戒しながら問いかけた。記憶を失くす前の知り合いにしても、男から親密な匂いは少しもしない。

「名乗るほどの者じゃありませんよ。でもせっかくなんで話を聞かせてもらえたらと思ってね」

男がハンチング帽のひさしを下げ、半分隠れた目をぎょろりとさせる。

「は、話なんてありません！」

嫌な予感がして脇をすり抜けたが、男はすぐに追いついて、背中を丸めながらアシュリーについて来た。

「まあまあそう仰らず。どうですか？　鉄道王の屋敷の具合は？」

――この人……やっぱり！

奥歯を噛んで怒りをこらえ、男を無視して足を速める。

この男はレイモンドに付き纏っている記者だ。そうでないとしても彼に害を成す者だ。

「その様子だと大事にされてるんでしょうねえ。使用人なんて言われてましたけど、ほんとは愛人として夜な夜な可愛がられているんでしょ？」

何を言っているのか不明だ。下品な言葉にひたすら吐き気がする。

「でも大丈夫なんですか？　さっきライアン殿下と鉢合わせしたでしょ？　いやはや鉄道王も罪なことをする。王弟の愛人でいるだけじゃ飽き足らずに子爵の息子も手に入れるなんてねえ」

視線の先に馬車がある。そのまま行けばよかったのに立ち止まってしまった。

「いい加減にしてください！　レイ様は王弟の愛人などではありません！　僕も子爵の息子ではありません！」

我慢するのも限界だった。レイモンドを侮辱したことが許せなかった。

レイモンドと王弟に何かしらの繋がりがあるのは事実だろう。だがそれは決して愛人などという関係ではない。

呆気《あっけ》に取られたように口を開けたのも僅か、男はいきなりアシュリーの腕を摑んできた。

「とうとう爵位を取られたんで!?　いやあ、そうなら大スクープですよ。それで土地はどうなったんです？　やっぱり鉄道王が買い占めたんで？」

「離しっ……離してください！　無礼にもほどがあります！」

「それにしても坊ちゃんもよく平気な顔であんな男と一緒にいられますね。自分の父親があの男のせいでまだ病院にいるっていうのに？　いったい幾ら積まれたんです？」

振り払おうとした体から力が抜ける。

聞くな、相手にするなと思うのに、父親と言われて心が揺れた。

「父、親……？」

アシュリーはみなしごだ。父も母もいないとレイモンドはそう言った。

「おや、なんですか、鉄道王を憎んでるのかと思いきや、父親なんか知るもんかって顔ですねえ」

レイモンドも同じだと。誰もがみなしごなのだと。

「まさか本気で熱を上げてるなんて言いませんよね？　自分のところの土地を取ろうとした男に？

貴族の自分を使用人にした男に？　どうなんです、答えてくださいよ、ヘイワード子爵家の」

「アシュリー！」

呼ばれたけれど振り向けなかった。後ろから奪うように肩を抱かれた。

アシュリーの腕を摑んでレイモンドが足早に馬車へ向かう。

「ミスター・フェアクロフ、待ってくださいよ。あっしは今アシュリー坊ちゃんと話してるんで」

男が追いかけて来たが、騒動に気づいたレイモンドの馭者に途中で止められた。

アシュリーを馬車に押し込み、レイモンドは自らも乗り込みながら射殺《いころ》しそうな目で男を睨んだ。

「ボブ・ゴートンだったな。レイモンド・カイ・フェアクロフを敵に回したことを一生後悔しろ。クロード、タウンハウスへやってくれ。そのあと屋敷に戻ってアルバートに伝えるんだ。できる限り迅速に、容赦をするなと」

駅者が頷き扉を閉める。

「敵が怖くて記者がやれるか！　お高くとまりやがって！　孤児の成金が！」

アシュリーは記者の罵声に萎縮しながら、横に座ったレイモンドに目を向けた。

クロード、クロード。

走り出した馬車の振動に記憶が揺さぶられる。

ロドンス・リトスに行く際、駅で声をかけてきた青年もクロードという名ではなかったか。

キオン大学でアシュリーと一緒だったと、瞳に涙を浮かべた青年。

王弟の愛人でいるだけじゃ飽き足らずに子爵の息子も手に入れるなんてねえ。

自分のところの土地を取ろうとした男に？

どうなんです、答えてくださいよ、ヘイワード子爵家の。

「あ……の……」

自分の膝頭を凝視する。組んだ両手の震えが止まらなかったが、それを目にしたレイモンドが外套を前から着せかけてくれた。レイモンドの脇には二つのシルクハットとイーライからもらった紙袋がある。

レイモンドは冷静なのだ。理性を保ったまま、これ以上ないほど激怒している。

「ラ……ライアン殿下とは……どういう……」

先が続かなかったが、レイモンドからも答えはなかった。

アシュリーは問いを変えた。

「あの、先ほどの人が……僕が子爵家の息子で……父が、病院にいると……」

「君はあの男と私のどちらの言うことを信じるんだ？」

冷たい声音に身が竦んだ。

「レイ様のことを、信じています。でも、以前、駅で会った青年も僕と大学が一緒だったと言っていて……だから、もしレイ様が……何か僕に話していないことがあるなら……」

勇気を振り絞って訊いたが、レイモンドは取りつく島もなかった。

「ほかの男の言うことを真に受けるな。私は誰より君を思っているし愛している」

愛という言葉が胸に入ってこない。

なぜレイモンドは「話していないことなどない」と言ってくれないのだろう。

あの記者の言うことなどでたらめだと分かっている。けれど、彼が書いた記事の中には幾らかの事実があって、それが不安を掻き立てる。

「彼は……ミスター・ゴートンはどうなるのですか」

レイモンドは溜息をついた。

「あんな男をミスターと呼ぶ必要はない。心配しなくても殺しはしない。ただあの男が書いたものはもうどこにも載らないし、私や君の前に姿を見せることも二度となくなる。それだけだ」

どうやってそんなことをするのかと訊けなかった。人一人の行動を一生制限する、それは並大抵のことではない。

「あの人は……ひどいことをしたと思います。でも、彼も昔は子供だったのですよ」

冷たいレイモンドの声音に身震いが止まらない。

あの記者を庇うつもりはなかったが、いつものレイモンドに戻って欲しくて言った。

レイモンドは一度見開いた目を、すっと冷たく眇めて言った。

「アシュリー、私は確かに子供が好きだが、せっかく生き延びて大人になったのに、人の足を引っ張るしか能がないやつにくれてやる良心はないんだ。あの男は成り上がった私が気に入らないだけのただの小物だ。だから放っておいた。だが、君と私の邪魔をするなら容赦はしない」

体が芯から冷えていく。すべてが嘘ならなぜレイモンドはこれほど怒っているのか。

タウンハウスに到着したときには暗くなっていた。

二階建ての屋敷には執事と女中がいて、出迎えた彼らに声もかけずにレイモンドはアシュリーを連れて二階に上がった。

「レイ様……レイ様っ……」

手首を摑まれ階段を上りながら何度も呼びかける。

ここに来た理由が分からず名前を呼ぶことしかできなかった。

レイモンドと話ができるだろうか。落ち着いて質問に答えてくれて、「不安にさせてすまなかった」と抱き締めてくれたら、きっと自分も安心できる。

突き当たりの部屋に入るなり抱き締められ、嚙みつくように口を塞がれた。怯えて逃げた舌を奥から引き摺《ず》り出され、ねじるように吸われて甘嚙みされる。

「レイっ……っ……」

突然のことに頭がついていかない。息が止まって、苦しくて、こらえていた涙が目尻にじわりと浮かび上がった。胸を叩くとドアに押しつけられ、咄嗟に俯けた顔を下から持ち上げるようにキスされる。

「待って、くださいっ……レイ様、話をっ……」

尚も逃げようとすると腰を摑まれ、レイモンドの腰の位置まで引き上げられた。

背中をドアに預けているが、アシュリーの体はほとんどレイモンドに支えられている。

「アシュリー、私は君に必要なことをすべて話した。頼むから私を信じてくれ。私は君がいればいい。君はそうじゃないのか？」

ずるい、と。

初めてレイモンドをずるいと思った。

彼以上に大切な人などいない。

けれどこれは自分のことなのだ。自分の過去を知りたいと思うのがなぜいけない？

「レイ様のことを信じています。あの記者の言ったことを信じたわけではありません。ですが、レイ様は答えをはぐらかしています。だから僕は……っ！」

言葉の途中で担ぎ上げられ、状況を認識したときにはベッドに下ろされていた。

ベッドに膝をついたレイモンドが暗い瞳で見下ろしてくる。彼は自分のクラヴァットをむしり取り、上着を乱暴に脱ぐと、それを力任せに脇の壁に投げつけた。

壁に打ちつけられた上着のポケットから何かが滑り落ちる。微かな音を立てて光りながら、それが床で砕け散る。

中に入っていたものが四方に散らばった瞬間、レイモンドはアシュリーのことを力ずくで押さえつけた。

「レイ様っ……嫌です、嫌だっ……」

首筋に顔を埋めてきたレイモンドに震撼《しんかん》する。力で敵うわけがなく、抗った両手をやすやすと片手でシーツに留められた。上着のボタンを外され、シャツの上から小さな尖りを引っ掻かれる。嫌だと思うのに枕が沈むほど深くキスされ、何度も乳首をこねられているうちに腰が震える。

この体はレイモンドを愛している。心も彼のことを信じていたいと訴えている。

なのに苦しい、怖い。今はレイモンドが、愛している人のことが怖くてたまらない。

アシュリーのクラヴァットを取り、シャツをはだけて胸に顔を寄せると、レイモンドは暴れる鼓動を鎮めるように優しく乳首を口に含んだ。

いつものようにちゅっと吸われ、背中を大きく反らしてしまう。

けれど、穏やかな愛撫は長く続かず、レイモンドは突然乳首を激しくなぶり始めた。

「や……レイさ……ひあっ……！」

レイモンドの片手はもう一つの乳首を執拗《しつよう》に縒《よ》り続けている。初めて感じる強い刺激にわけも分からず顎を跳ね上げた。

恐怖に肌が粟立つ。こんなのはいつものレイモンドではなかった。

いつも彼は両手で抱き締めてくれて、キスも愛撫も優しくて、決して、こんな、強引に官能を引き出す愛し方は——。

「やめて、くださいっ……！　こんなのは僕の知っているレイ様ではありませんっ！」

「……っ！」

レイモンドが動きを止める。

項垂れ、全身を震わせながら、彼は胸から絞り出すような声を出した。

「私はっ……君を愛しているんだ……！」

口づけられそうになった顔を脇に逸らすと、涙が目の縁から零れ落ちた。

「愛とは力ずくで奪うことですか……？」

永遠を描く物語が持て囃《はや》されるのは、それが人の世界にないものだからだ。

人は必ず変わるし終わる。

あのままでいたかった。彼を信じていたかった。

どれだけそう思っていても——。

ふと体が軽くなる。

「レイ……様」

レイモンドはベッドから下り、目を合わせないまま、静かにアシュリーに毛布を被せた。

「すまなかった」

ひどく、傷ついた顔を残し、彼がドアに向かって行く。

嵐が過ぎたのに心が鎮まらない。

悄然《しょうぜん》とした彼の背中に、無数の傷痕が見えた気がした。


談話室の白く曇った窓に、重さに耐え切れなくなった水の粒が筋を描いている。

週末に訪れた寒波は凄まじく、たったの三日で景色をがらりと変えてしまった。

木の枝に鳥はもういない。枝の白さが霜なのか雪なのか分からない。

「アシュリー様、本当に大丈夫ですか？　具合が悪いようでしたら横になっていたほうが……」

火曜日のアフタヌーンティーのあとだった。

ソファに座るなりオリヴィアが心配そうに顔を覗き込んできた。

オリヴィアだけでなく、フィルやネイサンにまで、昨日から何度同じことを言われたかしれないが、アシュリーはそのたびに笑って同じ答えを繰り返した。

「大丈夫です。僕は寒さに弱いみたいで……ただそれだけなので、本当に大丈夫です」

説得力がないのは承知の上で笑う。

アシュリーとオリヴィアの間でロビンがぬいぐるみを振り回している。向かいのソファでネイサンとルーシーが並んで本を読んでいる。

この幸せを壊したくない。

「無理をされてなければいいのですが……ひとまず今日の夜の授業はお休みにしましょう」

休みません、休んでくださいと数度押し問答したが、今回だけは頑《がん》としてオリヴィアが譲らなかった。

胸のうちで溜息を押し殺す。ようやく動き始めていたのに様々な歯車が一度に止まってしまった気がする。

でもそれは自分のせいなのだ。

先週、レイモンドがあれほど激昂《げっこう》したのは、おそらく自分がレイモンドではなくほかの男を信じたからだ。あんなに信じてくれと言っていたのに、なぜ彼のことを疑ってしまったのか今となっては不思議でならない。

記者に会って動揺していたにせよ、あんな言葉を鵜呑みにするほうがどうかしていた。

自分が子爵の息子であるはずがない。自分や自分の土地をレイモンドが手に入れようとしていたなんて嘘だ。その証拠に、記憶を失くした自分を当初レイモンドは屋敷から出そうとしていた。それに異を唱えてここにいたいと、レイモンドから離れたくないと強く望んだのは自分だ。

本当に自分と自分の土地を手に入れることが目的だったなら、記憶を失くしていると分かったときに「伴侶だ」とでも言えばよかったのだ。

けれどレイモンドはそうしなかった。いつでもこちらのことを一番に考えてくれた。

愛してくれていたのに、なのに疑ったりしたから、彼はきっと怒りに我を忘れてあんなことをしたのだ。

「レイ様は……どうしてアフタヌーンティーに来なかったのでしょう」

ぼんやりしながら呟くと、お仕事が忙しいのかもしれませんと答えが返る。

アシュリーを避けているわけではなく、それは事実なのかもしれない。

サロンに出かけた翌日、レイモンドはアシュリーだけをカントリーハウスに戻し、自分は仕事をするためそのままタウンハウスに残った。

会合の準備があるとかで、レイモンドはその夜も、翌日の月曜日も屋敷に戻って来なかった。

結局帰って来たのは今日の昼過ぎだが、出迎えはアルバートとフィルだけでいいとレイモンドが指示したため、アシュリーはもう丸二日以上彼の姿を見ていない。

やはり自分を避けているのではないかと、何度でも不安が押し寄せてくる。

どうか顔を見せて欲しい。普通に接して欲しい。

何も後ろ暗いところがないのなら。

考えていると頭が重くなり、額に手を当てた。

考えても考えても思考が同じところに戻ってしまうのがやるせなかった。

自分はレイモンドを信用している。いや、信用するよりほかないのだ。

記憶があやふやな自分は誰かに頼るしかなく、もし疑ってかかれば何も信じられなくなってしまう。

すべての信頼が根元から揺らぐのだ。

名前も、年齢も、生まれも、育ちも。

レイモンドだから、彼が言うから自分は信じた。

「記憶……」

目元を強く押さえる。こんなに苦しいのもすべては記憶がないせいだった。

どうすれば記憶が戻る。いったい何をすればいい。

もう嫌だ。レイモンドを疑う自分の醜さに吐き気がする。

「記憶は……どうしたら戻るのでしょう」

言葉が口から滑り出てから、どれだけ沈黙が流れたのか分からなかった。

「ネイサンのせいよ」

小さな、だが憤った声に、我に返って顔を上げた。

「全部ネイサンが悪いのよ！　ネイサンがあんなことするから……！」

立ち上がって肩をいからせたルーシーに、自分の言葉が彼女を刺激したのだと気づく。

記憶を失くして困っている顔は見せないと、そう決めていたのに、なぜそのことを忘れていたのだろう。

絶対に、何があってもそれだけは言ってはいけなかったのに。

「……るさい……うるさい！　黙れ！」

怒鳴られたネイサンが立ち上がり、ルーシーの髪を摑んで拳を振り上げる。

「何よ！　本当のことじゃない！」

叫び、ネイサンの手に爪を立てて逃れると、ルーシーは全速力で走り出した。

「ネイサン、やめなさい！」

ネイサンがルーシーを追う。アシュリーとオリヴィアが立ち上がったときには二人は既にソファから遠く離れていた。

「ミスター・オルブライト！　早く、早く来て！」

走り回る二人を横目に、オリヴィアが狼狽しながら呼び鈴の紐を引く。呼び鈴が高々と鳴り響く中、アシュリーは小さな背中を無我夢中で追いかけた。

ふたたびネイサンが巻き毛を摑む。ルーシーが倒される。

ネイサンがルーシーに馬乗りになり、拳を振り上げて――。

「何事ですか！」

フィルではなくアルバートが入って来ると同時に、アシュリーはネイサンを後ろから抱きかかえた。

心臓がどくどくと鳴っている。頭の中で何かが激しく動いている。

――何……今の。

瞬きながら考えた。

今見えたものはなんだったのだろう。

背中。ネイサンの背中に被って見えた、大きな。

「ネイサンの馬鹿！　ネイサンなんか嫌い！」

床に座り込んだルーシーが泣きながらネイサンを睨み、落ちた髪飾りを拾って胸にひしと抱き締める。それはアシュリーとレイモンドがロドンス・リトスで買って来た髪飾りだった。

「うるさい！　俺だってお前なんか嫌いだ！　俺だって、こんな……」

ネイサンは尚も腕を振り回したが、アシュリーが更に力を入れて抱くと、歯を食いしばりながら涙をぼろぼろと零し始めた。

腕の中の体が力を失くしていく。怒りが鎮火していくのが分かる。

だが、大人しくなってよかったと、アシュリーは安堵することができなかった。

「ああ、ミスター・メイネル。ミスター・オルブライトは……」

「彼ならお茶を淹れています。それより何が……」

オリヴィアとアルバートがひどく遠くにいるように感じられる。

何が現実で何が幻覚なのか、うまく区別がつかなかった。

ネイサンが拳を振り上げたとき、前後に立つ二人の男の背中がそこに被って見えていた。

サーベルを振り上げていたのは、手前にいた男だ。

視界いっぱいにその背中が大写しになったかと思うと、突然その男が振り向いた。

「アシュリー様？」

その彼は、今自分が見た男は、レイモンドだったのだろうか。

「アシュリー様、大丈夫ですか？」

眩暈を感じながらネイサンを解放し、屈《かが》めていた身を起こす。

「子供たちをお願いします。僕……僕、レイ様のところへ行かなければ」

「どうされたのですか？　お待ちください、旦那様は今……」

アルバートが怪訝そうに尋ねてきたが、言葉はもう耳に入らず、部屋の外に飛び出すと、アシュリーは脇目もふらずに書斎へ向かった。

疑問が溢れて止まらない。今見たものは事実——自分の記憶なのではないか。

レイモンドがサーベルを振るっていた？　誰に向かって？　なんのために？

自分はそれを見ていたのだろうか。

——そんなことが本当にあったのかどうか……レイ様に訊かなければ。

もしそれが事実ならば、記憶が少し戻ったということになる。

そうだと知れば彼は今度こそ、自分に真相を教えてくれるのではないか。

書斎がどんどん近づいてくる。

「いい加減にしろ！」

中から怒声が聞こえてきたのは、あと一歩でドアというところでだった。

レイモンドの声ではないが、誰のものかはすぐに分かる。

これはジョン・ブラックモア、レイモンドの共同経営者の声だ。

「もう限界だ！　ぐずぐずしてたらやつらに横取りされる。君はあんな質の悪い線路がこれ以上この国にのさばっても構わんと言うのか！」

「そんなわけがないだろう！　ただ私にも考えがある。正直今はそれどころじゃないんだ」

「それどころとはなんだ！　今これ以上に大事なことがあるか！　とにかくつべこべ言わずにさっさと書類にサインさせろ。なんのために君に惚れさせたんだ」

「ジョン、私はそんなつもりで……！」

レイモンドの反駁《はんばく》を遮り、ジョンが捲し立てる。

「どうせ記憶がないんだろう？　君のためだとかなんとか言えばあっさり信じるんじゃないのか？

大体何をそんなにためらっている？　何も屋敷を取ろうと言うんじゃない、たかだか使っていない飛び地を一つ、しかも相場の倍の値段で買わせていただこうってだけじゃないか。それとも何か？　それじゃ足らんとあの小僧っ子が言っているのか？」

「彼はそんな人ではない！」

彼とは誰のことだ。

うなじがすっと冷たくなり、俄かに眼前が暗くなった。

「やれやれだ、レイモンド。頼むから冷静になってくれ。君の気持ちも分からんでもないが、どの道ヘイワードはもう少しで土地も爵位も失くすところだったじゃないか。先日確認したがあれはもう使い物にならんよ。夫人が持ちこたえられるのも今だけだろうし、小僧っ子も土地の権利を譲られたというだけで……記憶があれでは爵位も継げまい」

爵位。夫人。土地。言葉が頭の中で粉々に砕ける。

何を言っているのか分からなければよかった。

「アシュリー様？　旦那様にご用事ですか？」

後ずさると同時に脇から呼びかけられる。

「小僧っ子……アシュリーのためにも、君が土地を買ってやるのが最善ではないのか？」

ジョンの声が聞こえた直後、元来たほうに体を向けた。

「アシュリー様!?」

紅茶の載ったトレイを手にしたフィルが声を上げる。

「アシュリー！」

ドアが開く音にレイモンドの声が被さり、誰かが追いかけて来たが立ち止まれるはずもなかった。

走っているのに進んでいる気がしない。足が着いた傍から床が崩れていく感じがする。

今まで、二度。

ほかの人の言うことよりレイモンドの言葉を信じた。

大学生のことも雑誌記者のこともまったく記憶になかったからだ。

彼らを信じるのはレイモンドに対する裏切りで、だから違和感を覚えながらも彼らを退《しりぞ》けた。

彼らはレイモンドの敵だった。自分にとっても敵であるはずだった。

だけどジョンは違う。彼はレイモンドの仕事仲間だ。

それればかりでなく、彼のことをレイモンドは志を同じくする者と言った。

レイモンドの同志。信頼できる知己《ちき》。

レイモンド。

「アシュリー！」

信じていたのに。

「あっ……」

地に着いたはずの足が本当に空《くう》を切り、体が大きく前に傾いだ。

「アシュ……！」

後ろへ引き戻され、床に座り込んだところで、階段から落ちかけたのだと気がついた。

「……し、て……離してくださいっ！」

冷たい床が肌を刺してくる。段差のすぐ脇で、レイモンドの腕から逃れるために体をひねる。

「アシュリー、落ち着いてくれ、頼む、落ち着いてくれ！」

二の腕に両手をかけ、渾身の力で抗いながら、言葉にならない叫びを上げた。

「う――う……嘘、どうして……嘘！」

見開いた目から涙が溢れてくる。ここがどこなのかも今がいつなのかも、何も信じられなかった。

この人は誰だ？　自分の名前は？　この人がくれた時間は、言葉は。

「アシュリー……」

愛は。

名前を呼ぶばかりで彼は何も答えない。それが更に胸を抉《えぐ》った。

「嘘、だったのですか。僕の土地が欲しくて、だからミスター・アルバートを利用したのですか？　僕にあなたを好きにさせるために……だから、あなたが僕を好きだと、ミスター・アルバートは嘘をっ……」

「違う！　アシュリー、私は本当に君のことがっ……」

「僕を好きならなぜ嘘をついたのですか！」

レイモンドの腕に力が籠《こ》もった。強く、それでいて弱々しい、縋《すが》るような力だった。

「愛しているなら、もう嘘をつかないで……どうか本当のことを教えてください。僕の名前はアシュリーなのですか」

アシュリーの肩口に顔を埋め、レイモンドが震えながら頷く。

彼はもうためらわなかった。

「そうだ……。アシュリー・エリス・ヘイワード。君の本当の名だ」

隠されていた名に胸が痛んだが、問いを続けた。

「僕が子爵家の息子だというのは本当ですか」

「本当だ」

「レイ様が、僕の土地を欲しがっていたというのは」

「本当だ」

「僕がキオン大学に行っていたのは。父母が、いるというのは」

「本当だ」

喉が痛むほどにしゃくりあげた。

本当だと言われても信じられない、それが何より悲しかった。

「僕の父が……レイ様のせいで病院にいるというのは」

サーベルを振り上げている彼の姿が脳裏に浮かぶ。

レイモンドが切りつけていたのは自分の父親なのではないか。

それを見ていて自分は何も感じなかったと？

レイモンドはそのときだけ、迷うように言葉を濁した。

「嘘では……ない」

新たな涙が頬を焼く。なぜ隠したのかと思うと涙が幾らでも迸《ほとばし》った。

正当な理由があるなら隠す必要などなかったのだ。

「なぜそんなことをしたのですか。僕のせいですか。土地や僕が欲しかったから……あなたは父から奪ったのですか。もしかしたらあなたは僕のことが好きだったのかもしれません。けれど僕はどうだったのですか。父を傷つけられて、僕は、あなたを憎んでいたのではないのですか」

レイモンドの腕に手をかけたまま振り返った。彼の瞳を見たかった。

どんな答えを望んでいたのか、自分でも分からない。

「君が、本心では私を憎んでいたかもしれないなんて」

レイモンドの顔からは、ごっそりと表情が抜け落ちていた。

「どうして私に知ることができる？」

瞳の中に光はない。何も言葉を返せない。

遠くから微かに子供たちの泣き声が聞こえた。

「部屋に行きましょう」

いつ来たのか、アシュリーの肩を支えて立ち上がらせたのはアルバートだった。

アシュリーは軽く手を払って彼を見上げた。

「ミスター・アルバート。あなたは知っていたのですね。あなただけではなく、フィルも、ミセス・オリヴィアも」

アルバートは返事をしなかった。

「今一つ思い出しました。どうして今まで気づかなかったのか分かりません。以前僕が執事室を訪れたとき、あなたは新聞を、前日の新聞を切り抜いていました」

あのときそれについて深く考えなかったのは、おそらくアルバートのことを信じていたからだ。

「レイ様の記事を見せてくれたとき、あなたは去年の記事をスクラップしていないと言っていました。でも、あなたほどに有能な人が、一年前の記事をスクラップしていないはずがないのです。去年か今年に僕とレイ様に何かがあった。それが記事になった。でもあなたはそれを隠したくて、だから僕にスクラップブックを見せなかった。違いますか？」

答えはなかったが、白皙はいつにも増して青白かった。

「あなた方は皆、もし真実を話せば、僕がレイ様を好きになることはないと思っていたのですね？」

階段に腰掛けたレイモンドは何も言わない。

アルバートが頭を下げたのを最後に、アシュリーは背中を向けて歩き出した。

「明日、すべてを話す」

小さな声に立ち止まらず部屋に向かう。重い足を引き摺りながら、胸のうちで、なぜ最初から話してくれなかったのかと彼を責めずにいられなかった。

部屋の窓には風雪が打ちつけていた。

茫然《ぼうぜん》としたままドアにもたれ、これからどうすればいいのだろうとぼんやり思った。

このまま明日になって、レイモンドから「真実」を聞いて、自分はそれを信じられるのだろうか。

両手で顔を覆う。

自分の気持ちが分からなかった。

嘘をついて欲しくなかった。どんなに辛い現実でも愛しているならすべてを打ち明けて欲しかった。

でも、嘘をつかれたのは事実なのに、自分はまだ心のどこかでレイモンドのことを信じていたいと思っている。

いつしか白い雪は灰色に変わり、次第に闇に呑まれて見えなくなった。

夕食の時間にフィルが呼びに来たが、返事をせずにいるとやがて立ち去った。

暖炉の薪が終わりかけている。薄明かりの中、何もできずに真っ暗な窓を見続けていると、これまで目にしたレイモンドの姿がそこに次々と浮かび上がった。

列車の窓から青空を見ていたレイモンド。三ポンドの入った瓶を握り締めた横顔。

窓から注ぐ朝日を浴びて、最高だと呟いた、微笑み。

白い光に彼が呑まれていく。彼の姿が見えなくなる。

一瞬、視界が真っ白に染まったとき、気づけば窓に向かって手を伸ばしていた。

「……っ」

瞬き一つで戻った闇の中、胸の前で手を開く。

結局これが答えなのではないかと、震える虚空を見ながら思った。

彼は確かに嘘をついたが、それでも自分はレイモンドを失くしたくないのだ。

すべてが偽りではなかった。

彼が与えてくれた愛は、交わした抱擁は、同じ未来を見つめた時間は本物だった。

離れられない。傍にいたい。

どうしても、何があっても、自分は彼のことが好きなのだ。

――行こう。

衝動に突き動かされるまま、机に駆け寄り抽斗を開けた。封筒から紙幣を抜き、外套と手袋を身に着けると、部屋から転げるようにして飛び出した。

皆は食事をしているはずだ。出るなら今しかない。

足を忍ばせ厩舎《きゅうしゃ》に行き、丘まで乗せてくれたまだら馬を探し当てる。アシュリーが鞍《くら》をつけても馬は落ち着いていて、難なく厩舎を出られたが、乗馬したところで思わぬ障壁に囲まれた。

「わうっ」

アシュリーと分かると犬たちは吠《ほ》えるのをやめたが、次いで小さな蠟燭が現れる。

「おいっ、誰……」

急いで犬守の脇を抜けると、間もなく異常を知らせる鐘の音がけたたましく響いた。

横殴りの雪が吹きつける庭を突進していく。

「開けてください！　開けて！　開けてくれないなら跳びます！」

閉じられた門の前には門番が驚愕した顔で待ち構えていた。

アイアン製の門はレイモンドより頭一つ分ほど高い。

この馬の大きさ、このスピードなら、ぎりぎり跳べるか。

「うわあぁっ」

馬が高く跳んだ瞬間、門番が閂《かんぬき》を外して門を押し開けた。

息もつかず、風を巻き上げながら屋敷をあとにし、雪の夜道をひたすら疾走する。

辿り着けるかは分からなかったが、行かないわけにはいかなかった。

明日になればレイモンドはすべてを話してくれるのだろう。そして信じてくれと乞われたなら、自分は頷いてしまうかもしれない。

でもそれでは駄目なのだ。このままでは、疑いを残したままでは、いつか必ず破綻する。

そうなりたくない。自分は目を逸らさずまっすぐ彼と向き合いたい。

だから、自分は今、この手で真実を掴みに行く。

橋を渡り、大通りに入り、青騎士竜の前で馬を降りた。

レイモンドが菓子を買っていた店だ。それなりの身分の人が出入りしているはずだ。

「あのっ、すみません、ヘイワード子爵のお屋敷がどこにあるかご存じですか」

店から出て来た人に手当たり次第声をかけると、ほとんどの人が立ち止まりもしなかったが、八人目でようやく紳士が足を止めてくれた。

「ヘイワード？」

傘の下からアシュリーをまじまじと見たあと、老紳士は憐れむような声を出した。

「はて、儂《わし》も耄碌《もうろく》したかな。君はアシュリーではないのかね？　まさか君、逃げて来たわけではあるまいね？」

息を呑む間に驚きを治め、老紳士に詰め寄った。

「僕のことを……知っているのですか？」

老紳士はうむと唸《うな》った。

「新聞で見たからね。真《まこと》に君には災難だった」

やはり何かがあったのだ。出かけるたびに周りから見られていたのもそれが原因だったのだ。彼らは自分を、そして自分に起こった出来事を知っていた。

一瞬、何が起こったのか聞いてしまいたい衝動に駆られたが、見ず知らずの人から聞くのでは何も変わらないと思い直した。彼が何かを知っているとしてもそれは記事の受け売りであるしかない。

「確かに僕はアシュリーです。でも事情があるのです。お願いします、子爵のお屋敷をご存じなら教えてください」

何度も頭を下げたことで必死さが伝わったのか、紳士は首都ではない町の名前を教えてくれた。馬では行けない遠い土地だが、近くを蒸気機関車が走っているらしい。そこへ行くための路線と駅を尋ねたところ、それはレイモンドの会社のものではなかった。

「だが今から行っても間に合うか知れんよ。最終列車がそろそろ出る頃だ」

老紳士に礼を述べ、馬を駆って駅に急いだ。列車に乗れるかどうかも心配だが、レイモンドが今にも追って来るのではと思うと気が気でない。

ガス灯に照らされた駅に人はまばらで、馬を預けられる厩舎もすぐに見つかった。

切符売り場に着いたときには、既に列車がホームに入っていた。

「あれが最終ですか？　はい、はい、分かりました、急ぎます」

鉄道員から切符を受け取り、雪に足を取られながら柵を抜ける。

「アシュリー！」

声が聞こえたのは、列車に乗る直前だった。

振り返ると、駅舎の向こうで、レイモンドが強く手綱を引いている。

レイ様。

唇だけで名を呼び、彼が馬から降りるのを見ながら列車に乗ると、閉まるドアの向こう、レイモンドが、柵を摑んで揺すりながら悲痛に顔を歪めて叫んだ。

「行くな、アシュリー！　行くな！」

煙を噴き上げ機関車が動き出す。

――待っていてください、レイ様。

冷たいドアの窓ガラスを何度も拭い、雪に霞《かす》んでいくレイモンドに心の中で語りかけた。

今行くのはあなたと離れたいからではない。

そうではなく、あなたといたいから、だから僕は事実を知りに行く。

辛い過去なのかもしれない。あなたはひどい人なのかもしれない。

けれど、僕はあなたを愛して、何があっても傍にいると約束をした。

だから僕は過去から逃げず、すべてを抱えてあなたと生きていく。

あなたの隣で、これからも、いつまでもずっと。

街灯りが遠のき、車内のオイルランプに吹雪が照らされるばかりになった頃、ドアから座席に足を向けた。

車体が左右に揺れ、両側のボックス席にぶつかるたび、凍えた体が痺れるように鋭く痛む。ようよう辿り着いた窓際の席に座って目を閉じたものの、快適とは言えない揺れのせいで焦燥が治まらない。

目的の駅までどのくらいかかるか知らないが、このままでは具合が悪くなりそうで、アシュリーは気分を変えるために雪しか見えない外を眺めた。

窓の向こうを雪が流れていく。暗闇の中、仄かに光りながら消えゆくそれは何かに似ていて、なんだったかと考えている間に恋しい声を思い出した。

闇が濃くないと見えないものがあるのだろうね。ここまで来ないと見えないものが。

——あなたが見ていたものはなんだったのですか。

星空の下で響いた彼の声は、まるで自分はこの世で一人だとでも言いたげだった。

彼は寂しかったのだろうか。愛は魂を温めるだろうか。

もし、あのとき自分が彼を愛していたなら。

彼の魂は、孤独ではなかったのだろうか。

そう思いながら、雪の中にレイモンドの顔を思い浮かべた、そのときだった。

突然レールと車輪が絶叫を放った。車体が大きくバウンドし、反射的に目を閉じた瞬間、向かいの座席に抗いようもなく強い力で叩きつけられた。

息ができない。体が痛い。

頭が、痛い。

息絶える前の人のようにぼっと機関車が煙を吐き出す。雪の中に残響が消えていく。

列車が停止し、恐ろしいほどの静寂のあと、車内はカオスに包まれた。

「火だ！　早く逃げろ、火が上がったぞ！」

座席に横倒しになったアシュリーの脇を、人々が押し合いながら出口に向かって行く。

アシュリーと同じように、ここから起き上がれない者たちが、頭を抱えて呻《うめ》いている。

「あ、あ」

瘧《おこり》に見舞われたように全身が震える。痛みと一緒に何かが頭を強く叩く。

男たちの背中。振り上げられたサーベル。流された血。

怒涛《どとう》のように押し寄せてきたのは、欠けていた記憶。

忘れていた、閉じ込めていた、捨ててしまいたかった、記憶。

「う……う――――！」

どうして忘れていたのだろう。

忘れてはいけなかったのに。

逃げては、いけなかったのに。

「……シュリー！」

出て行く人たちを掻き分け、誰かがこちらに向かって逆行してくる。

動くこともできず、涙を流したまま闇を見ていると、突如そこに人影が現れた。

温かな、手。自分を守ってくれた人。

「アシュリー、しっかりしろ！」

今にも飛ばされ流されそうだった体を、大きな手が——レイモンドが、強い力で摑んでくれた。

「ミスター」

レイモンドの腕に抱かれ、霞む目を瞬かせながら懸命に唇を動かす。

「ミスター・フェアクロフ……申し訳、ございません……」

レイモンドが大きく目を見開き、硬く体を強張らせた。

「アシュリー！」

「もうしわけ……ませ……」

みなしごは孤独なのだろうか。孤独なのは寂しいことなのだろうか。

みなしごだったから。親が、いなかったから。

魂は、自由に飛び回ることができたのではないだろうか。

サーベルを振り上げ、誰かに襲いかかっていたのは、レイモンドではなくアシュリーの父だ。

だが確かにレイモンドはそこにいた。

後ろからサーベルを突き立てられ、腕を押さえて振り向いたレイモンドは、自分を刺した男とアシュリーを見て、苦しそうに顔を歪めた。

アシュリーがレイモンドと初めて会ったのは、大学に入学したばかりの二年前の初秋。

首都から帰省した折に、たまさか屋敷の門前にいたレイモンドを目にしたのが最初で、一目で彼だと分かったものの、生身の「鉄道王」の威厳は写真とは比べものにならず、気後れしないよう馬車の中で背筋を伸ばしたのを覚えている。

彼には以前から注目していたが、興味が敬意に変わったのは孤児だと知ってからだった。

階級制度が深く根づいているこの国において、才覚だけで覇者となるのは容易なことではない。

新聞で見るばかりで一度も会ったことはなかったが、インタビューから常に感じる真摯さは好ましく、積極的に慈善活動も行っていた彼のことを、アシュリーは心密かに尊敬していた。

にもかかわらず、好意的な態度を取れなかったのは、彼が訪ねて来た理由が想像できたからだ。

馬車から降り、努めて儀礼的に用事を尋ねると、予想通りレイモンドは「土地のことでヘイワード子爵にお会いしたい」と頭を下げた。

アシュリーは同じように礼をし、答えた。

鉄道敷設に関する土地売却の件なら父に売る気はない。話をするのは難しいだろう。大変心苦しいが、お引き取り願いたい。

国王から管理を任された領地は売買できないが、それとは別にセリーニの貴族は大抵個人資産の土地を所有している。

運河輸送に代わり、俄かに勃興した鉄道事業者がそれらの土地を買い上げているのはよく聞く話で、実のところへイワード家にも別の鉄道会社から打診があったばかりだったが、そのときの父と事業者のやりとりを聞いていただけに、早々に断るのがレイモンドに対するせめてもの善意だろうと思った。

見つめ合ったまま、たっぷりと十秒が流れた。

では、あなたとお話がしたい。

熱の籠もった瞳で乞われ、まごつく顔を見られる前に門をくぐった。

また来ます。

首都で暮らしていたアシュリーが偶然会うことはもうなかったが、去り際にそう言った通り、その後レイモンドはたびたびへイワードの屋敷を訪れるようになった。父にではなく、アシュリーへの手紙を携えて。

文面はいつも変わらず、どうか話だけでもさせて欲しいという簡素なものだったが、もし相手がレイモンドでなかったなら、果たして心が動いていたかどうか。

十通の手紙を受け取ったのち、初めて返事を認《したた》めたときには、既に翌年の六月になっていた。

父に土地を売る気は相変わらずない。期待に添えないと思うが、それでもいいなら自分が話を聞くことはできる。屋敷には呼べないので、どこか外で会えればいいのだが。

自分の会社での対面を提案してきたレイモンドに、もう少し内密に会いたいと返事をすると、彼は首都でもそれほど派手ではない社交サロンを指定してきた。

社交サロンは娯楽の場であり、また密談の場所としても使われる。日時を摺り合わせる手紙を交わしたのち、七月初めにサロンに行き、四人が座れるほどの小さな個室でレイモンドと円卓を囲んだ。

レイモンドは鉄道敷設の意義を、なぜヘイワード家の飛び地が必要なのかを、土地を売るのがどれだけヘイワード家の利になるのかを、圧力をかけることなく極めて丁寧に説明した。

彼の話は筋が通っており、それは客観的に見てもヘイワード家に損失のない、それどころか非常に魅力的な提案だった。

何にせよ、飛び地の名義が父だったなら、やはりその場で断るしかなかっただろう。だが、奇遇にも、その土地の名義がアシュリーだったことが迷いを生んだ。

少し考えさせて欲しいと言ったアシュリーに、またあなたと会えるなら嬉しい、とレイモンドは微笑んだ。

半月後に同じ場所で会ったとき、レイモンドは土地の話を一切せず、代わりにアシュリーの話を聞きたがった。

大学生活は楽しいですか？　ああ、あの教授は風変わりですね。何か趣味が？　そうですか、乗馬。道理で姿勢が綺麗だと思いました。私？　私はたまにポロを。旅行はお好きですか？　どこか行ってみたいところは？

雑談を重ねるうち、二人とも馬と歴史が好きだと分かり、別れる際には、まるで旧知の友のように「また」と握手を交わしていた。

土地の名義が自分であること、父が心身を病んでいることを打ち明けたのは五度目の会合でのことだ。レイモンドの人柄を見極めた上での判断だった。

昨年の初め、信頼していた知人に裏切られ、父は土地の一つを不当に奪われていた。人間不信に陥っていたところ、悪いことに熱病にかかり、そのとき発症した譫妄《せんもう》は今も治る見込みがない。

国の未来を見据えたあなたの計画に賛同します。とアシュリーは毅然《きぜん》と言った。

しかし、自分にはヘイワード家を守る義務がある、自分としては、正直飛び地を持て余しているのでいい機会だと思うが、元々は父の土地なので勝手な真似は控えたい。

頃合いを見て父に相談するので、もうしばらく待っていただけないか。

黙って聞いていたレイモンドはおもむろに目を細め、私を信じてくれてありがとう、と言った。

悔しかったね、とも。

零れる涙を止められなかった。レイモンドの言う通りだったからだ。

大事な父が騙されたことが、馬鹿にされたことが悔しくてたまらなかった。

大変だったね、ひどい者がいるねと慰めてくれる人はいても、悔しかっただろうとアシュリーの気持ちを代弁してくれたのは彼だけだったのだ。

円卓の上でそっと重ねられた手を、恐る恐る握り返した。

立ち上がって後ろにやって来たレイモンドに椅子ごと抱き締められ、君が好きだと囁かれた。

一目見たときから君に惹かれていた。土地がどうなろうと私は君と一緒になりたい。

父に黙って会うのを決めたときから、本当は自分もレイモンドに惹かれていたのだと思う。

立ち上がり、頷き、正面から抱き締められ、静かに触れるだけのキスを交わした。

毎週レイモンドと会うようになった。そのうちにポロ仲間だというデイヴィッドやイーライを紹介され、ヒューゴが「クチュリエと言ってくれたまえよ」と胸を張って言うのを見ては皆で笑った。

逢瀬《おうせ》はもっぱら社交サロンでだったが、一度は偶然の出会いを装いジョシュの個展にも行ったことがある。

会えば会うほどレイモンドに惹かれていった。互いにこの人しかいないと確信していた。

アシュリー、君が大学を卒業したら結婚しよう。

約束のキスを交わしてもその先に進まなかったのは、礼節の面からというより、状況が決して楽観できないと互いに分かっていたからだろう。

順調に進んでいた交際とは裏腹に、土地に関する父との会話は膠着《こうちゃく》していた。

たとえアシュリーの名義だとしても飛び地はヘイワード家の財産で、土地売買の話を匂わせただけで父は露骨な嫌悪を示した。嫌悪だけならまだしも、発作を起こして倒れる、花瓶を投げる。何もない虚空に向かって、罵声を浴びせながら。

鉄道事業者としても恋人としても、レイモンドの名前を父に一度も伝えられないまま年が明けた。

レイモンドがヘイワード家の土地を必要としているのは事実だ。けれど彼は自分たちを騙そうとはしていない、自分たちから何も奪わないのだと、どうすれば分かってもらえるのか。

レイモンドは自分が話すと言ってくれたが、彼を矢面に立たせることはしたくなく、こちらで解決すると意地を張った。乱心する父の姿を家族以外に見せたくなかったというのもある。

三月、レイモンドが慈善団体に多額の寄付をしたことを機に、アシュリーは思い切って新聞片手に父を訪ねた。

レイモンドを待たせているという焦りがあった。好きな人の役に立ちたいという欲も。

新聞を広げ、この人に土地を売りたいと訴えると、お前は何も分かっていないと父は錯乱した。

一度で決着がつくわけもなく、数箇月に及ぶ激しい口論の末、とうとうアシュリーはレイモンドとの関係を父に打ち明けた。

卒業後には結婚をする予定でいる。いずれは財産も彼と分けるつもりだ。

そうすればあの飛び地も彼のものになるのだから、それが幾分早くなるだけではないか。

父は激昂し、お前は父とあの男のどちらが大事なのだと叫んで泣き崩れた。

歯車が思わぬ方向に回ったのは、六月。

十八歳の新たな女王が即位した翌週、王子から王弟となったライアンから即位祝賀会の招待状が父に届いた。

祝賀会は非公式で、参賀者はライアン派——別名黒獅子党と呼ばれる貴族だけに限られる。

貴族院の仕事も休みがちだったが、父は乱れていた髪を手櫛《てぐし》で整えると、まるで憑《つ》きものが落ちたような顔で、「行かねばなるまい」と呟いた。

首都にある王宮ではなく、ライアンの領地の城で行われた祝賀会にはレイモンドも来ていた。

王弟の覚えめでたいレイモンドに、父が好感を持ってくれればという期待を胸に、アシュリーは父の後ろでレイモンドを紹介する機会を窺っていた。

父の容態はすこぶる落ち着いているように見えた。

一瞬にして衛兵の腰からサーベルを抜き取り、父がレイモンドの腕を刺しても、誰も何が起こったのか、すぐには理解できなかった。

「薄汚いみなしごが！　貴様なんぞに土地も息子も誰がやるか！」


記憶の底から父の声が蘇る。

「ミスター……本当に、申し訳……」

この人は、どんな思いで嘘をついてくれたのか。

見上げた病院の天井がぼやけている。四時間寝れば足ると言った人の疲弊した顔を、静かな朝日が照らしている。

アシュリーが言うと、椅子に掛けたレイモンドは息を呑んでから、優しく目元を拭ってくれた。

「話せるようになってよかった。気分はどうだ？　どこか痛いところは？」

枕に埋もれた頭を小さく左右に振る。雪に阻まれ、列車が急停止した日から三日が経ち、ぶつけた頭の痛みはだいぶ和《やわ》らいでいた。体はどこも痛くない。心だけが痛い。

「君は……思い出したんだね？」

しばらくして、覚悟を決めたかのように、レイモンドが問いかけてきた。

アシュリーが頷くと、彼は更に尋ねた。

「記憶を失くしていた間のことは覚えている？」

「覚えて……います。以前のことも、思い出したと思いますが」

深く呼吸してから、正直に告げた。

「自分の記憶がどれだけ正しいのか、僕はもう自信がありません」

レイモンドはアシュリーの頬をふたたび拭ってから、優しく指で髪を梳いた。

「答え合わせをしよう、アシュリー。もう嘘はつかない」

それからレイモンドが時間をかけて語ったことは、すべてアシュリーの記憶と一致していた。

祝賀会でレイモンドを刺した父は牢獄《ろうごく》に収監、王弟は重刑を求めたが、レイモンド自ら保釈金を払って父を出し、そのまま病院へと搬送してくれた。病んでいたのだから仕方がなかったと王弟を説得し、爵位剝奪《はくだつ》を止めてくれたのもレイモンドだ。

けれど「祝賀会を穢された」と怒りが治まらなかった王弟は、病身の父を見逃す代わりに息子のアシュリーに咎を与えた。

選べ。父親が牢獄で野垂れ死ぬか、お前がレイモンドの靴を磨くか。

「抗うこともできた、のに……私はそうしなかった」

レイモンドは両手を膝の間で組み合わせた。

「どちらを選んでも君を苦しめる。そんな選択は馬鹿げていると……私も初めは思っていた。だが、君は私の使用人になると……。そればかりか、君は……」

涙がまた零れた。あのときの自分にはそれしか思いつかなかった。

「君は……私とはもう一緒になれないと言った。私がどれだけ君は悪くないと言っても、君は申し訳ないからと……私のためにならないからと言って、私の傍から離れて行こうとした。こんな傷はなんでもなかったのに……私は死なずに、生きて君の前にいたのに……！」

悲痛な声音は、事件が起こってすぐ、アシュリーが差し出した土地売買の契約書を破ったときと同じだった。

私が欲しかったのは君の笑顔だ！　君が泣きながらサインした書類など私は欲しくない！

レイモンドが苦しんでいるのは分かっていたが、でもどうすればいいのか分からなかった。

レイモンドが項垂れ、片手を目に当てる。

「このままでは君を失ってしまうと思った。そんなことは考えられなかった。だから、目の届くところに置いておけるのならと、君を屋敷に連れて来た。だが……」

それから先、レイモンドの屋敷に来てからのことは、どちらも口に出せなかった。

執事のアルバートも従者のフィルも、大人たちは誰もがレイモンドに従いアシュリーを丁重に迎えてくれた。

ただ一人、レイモンドの敵としてアシュリーに憎悪をぶつけてきたのは、ネイサンだ。

ネイサンにとってレイモンドは父親以上の存在だった。彼からすればアシュリーは、大事な父に傷をつけた憎い男の息子でしかなかったのだ。

ネイサンはアシュリーを罵倒し、手当たり次第に小石やものを投げつけてきた。

犯罪者の息子。俺はお前を許さない。屋敷から出て行け。

三箇月経っても状況は変わらず、アシュリーは重く暗く塞ぎ続けた。客人のように扱われる反面、ネイサンには邪険にされ、申し訳なくて、辛くて、庭のベンチで犬とばかり一緒にいた。

九月、アシュリーが記憶を失くすことになったその日も、ネイサンは口汚く朝からアシュリーを罵っていた。

人殺しの息子。

そう怒鳴ったネイサンのことを、初めてレイモンドは平手で叩いた。

子供に手を上げることがどんな意味を持つか、レイモンドは自身の体で知っている。

その彼がネイサンを叩いたことも、絶望したようなネイサンの顔も、すべてが強い衝撃となってアシュリーの心を打ちのめした。

ネイサンは頰に手を当て、必死に涙をこらえながら叱責に頷いた。

ネイサンが肩を落とし、レイモンドが仕事に行ってその場は収まったように見えたが、午後になり、木に登ったネイサンが何をしたのか、レイモンドは知らない。

それを見ていたのはアシュリーだけだ。

朝の出来事がこたえ、普段以上に塞ぎながらベンチで犬を撫でていたときだった。

一人で裏庭にやって来たネイサンは、アシュリーに気づくことなく、慣れた動作でするりするりと木に登り始めた。子供にしては随分高いところまで登って行く。心配になったが、自分が声をかけても嫌がられるだけだろうと、アシュリーは息を潜めて彼の様子を窺うに留めた。

太い枝に腰掛けたネイサンは、半時間以上もそこから動かずどこか遠くを眺めていた。

日が落ち始め、一羽、二羽と、鳥が枝から飛び立って行く。

不意に、そのうちの一羽を追うように、ネイサンが大きく右手を前に伸ばした。

鳥が、飛んで行く。

恐怖一つ顔に浮かべず、まるで飛べるもののように、彼が宙で何を摑みたかったのか、分からない。

木の下に走り、ネイサンを受け止め、そこで意識がぶつりと途切れた。

それきり「アシュリー」のすべてを忘れた。

犯罪者の息子。ここにいてはいけない自分。子供。自分の存在がレイモンドを追い詰める。子供。壊す。

もうたえられなかった。自分を背負い切れなかった。

いつかロドンス・リトスに行き、失われた言葉を解読しようと約束した。遊星号の由来を訊き、彼に優しく抱き締められながら説明を聞いた。

レイモンドを愛したことも、傷つけたことも、辛いことも義務も責任も。

自分はそれらをすべて忘れて、レイモンドから、自分自身から逃げ出した。

「私を見るたび君は過去を思い出す」

レイモンドは独り言のように言った。

「私の存在が君を苦しめる。分かっていたのに私はそれを認めたくなかった。けれど、君が記憶を失くしてしまって、それほど辛かったのだと……私といるのがそれほど苦痛だったのだとようやく分かった。君がみなしごだったなんて嘘をついて本当にすまなかった。君を……自由にしてやりたかった。

だが、私はどうしても……」

項垂れるレイモンドを見ながら思う。

記憶を失くすきっかけとなった出来事を、ネイサンの行動を、一生この人に話すことはない。

事実を話せばこの人は壊れてしまう。

傷つけてしまったものを、自分が直視できなかったように。

「申し訳ありません……ミスター・フェアクロフ」

すべてを語ることが愛ではない。

愛しているからこそ言えないことがあるのだ。

「もう、名前では呼んでくれないのか？」

答えることができずに涙ばかり流れる。

どんな過去であっても彼とともにいると決めていた。

だが、それは許されることなのだろうか。

「私も一度は君を手放そうとした。それが君にとって一番幸せだと思ったから」

そう言ったレイモンドは上着の内側に右手を入れ、もう片方の手でベッドに置かれていたアシュリーの手を取った。

開いた手の平に、レイモンドが胸から出した右の拳が載せられる。

「でも、もし君が少しでも私を愛してくれているなら」

体を震わせながらレイモンドが拳を開くと、中から硬い、円《まる》いものが、チャリ、と音を立てて落ちた。

「頼むから、君は俺を捨てないでくれ」

レイモンドがアシュリーの手を両手で握り、祈るようにそこに額を当ててくる。

否と言えるはずがなかった。どうして言えただろう。

もう誰に責められてもいい。自分もこの人の傍にいたい。大事なことはきっとそれだけだ。

体を起こしてレイモンドを抱き、握られたままの片手で彼の心を抱き締めた。

おそらくレイモンドの言う通り、自分はこれからも彼を見るたび罪の意識に苛まれる。

けれどそれからもう逃げない。

「レイ様……レイモンド」

たとえ雪を踏みしめてでも、この人だけは凍えさせない。

二人の手の中の硬貨が湿る。

温かな涙が、生きている熱さが、二人の頬を濡らしていた。

年が明けて、一月の終わり。

アシュリーは肘掛け椅子に座って雪降る窓を眺めていた。

レイモンドは先ほど王弟のところから戻り、今は風呂に入っている。結果がどうなったのかはまだ聞いていないが、アシュリーとの関係を説明し、使用人という枷《かせ》を解いてもらいに行ったのだ。

自分も一緒に行かなくていいのかと問いかけたところ、法的なものではないし、そもそもアシュリーに咎はないのだから必要ないと言われた。奥の手を使うから心配しなくていいとも。

レイモンドが王弟に謁見《えっけん》するのに合わせ、アシュリー自身も今日は大きな区切りをつけた。

入院している父を見舞い、ヘイワードの屋敷を訪れ母に会ったのだ。

八箇月ぶりに会う母はおもやつれしており、アシュリーを見ると流涕《りゅうてい》したが、息子が無事と分かると落ち着きを取り戻し、再会を喜んでくれた。

無駄に混乱させるだけなので、記憶を失くしていたことは話さなかった。

屋敷の状況を尋ねてから、レイモンドに丁重に扱われていることを説明し、飛び地を彼に渡したいと相談すると、父の代わりに母は了承してくれた。

父に判断を仰げなかったからだ。

椅子で新聞を開いていた父は、面会に行ったアシュリーのことをすぐには理解しなかった。誰だと叫び、急に泣き出し、しばらくしてから突然「アシュリー」と笑いかけてきた。

アシュリー、私の自慢の息子。

病状は深刻に違いなく、だがアシュリーは希望を捨てていない。世界は日に日に進歩している。明日には父の病を治す薬が発明されるかもしれないのだ。

それに、レイモンドは許してくれたが、病だからと父が罪に問われないのが正しいことだとはアシュリーには思えない。父は償わなければいけない、レイモンドに謝らなければいけないのだ。父自身の魂のためにも。

「待たせたね」

ガウンを纏ったレイモンドが、髪を拭きながらやって来る。

アシュリーは肘掛けの上で握った左手に力を込めた。

「疲れたか？　列車に問題はなかった？」

労るように頭を撫でられる。

ヘイワード邸までは、大回りになったがフェアクロフ社の蒸気機関車と馬車を乗り継いで行った。

「大丈夫です。列車も快適でしたし、それほど疲れていません」

レイモンドの手が心地よくて、頬が綻ぶ。

時間を贅沢《ぜいたく》に使って微笑みを交わす中、互いの報告は始められた。

「じゃあ、君の話から聞こうか。ご両親はどうされていた？」

促され、アシュリーは父の病状や母の様子、屋敷の状況をレイモンドに細かく伝えた。飛び地の件、領民の暮らし、使用人の給金支払いに至るまですべてを。彼には知る権利があると思ったし、何より「これもすべてあなたのお蔭だ」という感謝の気持ちを伝えたかったからだ。

母から聞いて知ったのだが、レイモンドは当主と長子の欠けたヘイワード家を管理面でも資金面でも援助してくれていた。株の専門家を雇って財政の安定を図っただけでなく、父の入院費を自分の懐から払い続けてくれていたのだ。アシュリーの大学の休学手続きなどもしてくれていた。

「僕の大学のことまで本当にありがとうございます。ここでの勉強もだいぶ高度だなとは思っていたのですが、大学の講義の続きになるようにしてくださっていたのですね」

レイモンドは穏やかに口角を上げた。

「すぐにでも復学できるけど、暖かくなってからでいいだろうね。まだ回復したばかりだし」

彼が撫でているのは列車でぶつけたところだ。もう痛みもないが、毎日こうして気遣われる。

アシュリーは頷いてから、いささか緊張しながら尋ねた。

「僕のほうはこれで全部ですが、レイ様はいかがでしたか？」

私的な命令とはいえ、それが王弟から出されたものとなれば覆すのは簡単ではなかったはずだ。

レイモンドの表情に変化はなかった。

「すんなりとはいかなかったけど、なんとか納得してもらえたよ。イザベル女王にとりなしてもらったからね」

「女王陛下に？」

レイモンドは苦笑した。

「奥の手があると言っただろう？　私を社交界に引き上げてくれたのは元々女王陛下だからね。私のところの開通式にいらして、そこでお声をかけていただいた。ライアン殿下とはそのあと会ったに過ぎない。お二人とも当時は十五歳と十四歳だったから、庶民上がりの社長が珍しかったんだろう」

本人はあっさりとそう述べたが、レイモンドに対するライアンの態度はとても「珍しい」ものへの興味などというものではなかった。

記憶が定かならば、二人の関係性について聞いたことはない。よもや愛人ではないと思うが。

「ですが、ライアン殿下は何か……レイ様に特別な思いを抱いているのですよね？　もちろん公にできないことであれば、その……」

「すまない。ちゃんと説明していなかったね。端折《はしょ》ると誤解されそうだから言いそびれていたんだが、何、公にできないことは何もないよ」

レイモンドは一呼吸置いて教えてくれた。

「殿下は小さな頃から熱心に彫刻をしていてね、そのモデルにと望まれたんだ。要は裸……オールヌードで、私も見せるような体ではないからと何度も断ったんだが」

息を呑んでしまったが、アシュリーが何も言わずにいるとレイモンドは続けた。

「何度も『ぜひ』と言われて根負けした。モデルをする報酬はきちんと出資という形で払うと言われて、金が欲しかったというより、そこまでする殿下の情熱に興味が湧いたんだ。それで定期的に殿下と会うようになったんだが、触ったことも触られたことも誓って一度もない。私が怪我をしたときにあれほど激怒したのも、私の心配をしたというより自分のモデルに傷がついたのが許せなかったんだろう。……どうかな、私としては恥ずべきことではないと思っているんだが、納得してもらえただろうか」

「怪我」と聞いて胸が痛んだが、両手を広げたレイモンドに笑みを返した。彼が無意にその話をするはずがない。あからさまに避けないことで、彼は「なんでもないことだ」と伝えようとしているのだ。

「はい、ありがとうございます。正直気になっていたのですっきりしました」

すぐには難しくとも、こうして少しずつ傷を塞いでいけば、いつかすべてが癒えるときもくるのかもしれない。

もしかしたら、彼の隣で千年経つ頃には。

「それじゃあこのくらいにして、そろそろ休もうか。もう遅いからね」

レイモンドがアシュリーの頭に手を載せてくる。これは昨年末、アシュリーが屋敷に戻ったときから始まり、今も続いている眠りにつく前の習慣だった。頭を撫でられ、同じベッドに入り、隣に並んで眠る。

「あの、レイ様、もう一つだけ」

「何かな?」

椅子から立ち上がってレイモンドを見上げる。

アシュリーが畏《かしこ》まったのに気づいてか、レイモンドは笑みを潜めて真剣な表情になった。

「僕、ずっと考えていたのです。あのときいただいたこれを……何に使ったらいいのか。以前レイ様が、手にしたお金をどう使うかが大事なのだと言っていたので」

言いながら、胸の前で握り締めていた左手を開く。

そして、レイモンドの片手を取り、その手の中に硬貨を一枚載せた。

「ネイサンの分です」

重ねてもう一枚載せる。

「これはルーシーの分」

もう一枚。

「ロビンの分です」

三枚の硬貨をレイモンドに返し、その上に自分の手を重ね、力強く微笑んだ。

「僕はあの子たちが幸せになるためにこれを使いたい。以前にいただいたお金の残りもすべて。僕はもう逃げずに、あなたとここであの子たちを育んでいきたいと思いました」

アシュリーが言うと、レイモンドは見開いた目の縁を赤くし、肩を大きく上下させた。

潤んだ彼の瞳に喜びの色が広がる。しかし、それとは対照的にきつく結ばれてしまった唇を不思議に思っていると、やがて苦渋に満ちた声が発せられた。

「アシュリー、ありがとう……。だが今日は別々の部屋で寝よう」

「え？」

硬貨を握った手が離れていく。

「別々って」

「無理だ」

レイモンドは視線を脇に逸らした。

「私はもう君を傷つけないと決めた。君が嫌がることは二度としない。だが、今日は無理だ。このまま一緒にいたら、私は……」

たえるように拳が握られる。彼が何に懊悩《おうのう》しているのか問う必要はなかった。

レイモンドを包み込むように彼の首に腕をかける。背伸びをして唇の端に口づけると、レイモンドが驚いたように瞬いた。

「アシュリー……アシュリーっ……」

光る星が、二人の間で弾けるように。

強く、激しく、震える腕で抱き締められた。

「あ……」

唇を重ねられて口を開く。触れたところから熱が、彼の心が流れ込んでくる。

レイモンドはアシュリーの頬に手を添え、何度も角度を変えて接吻してから、互いの額を合わせて小さな声で吐露してきた。

「私は卑怯な男だよ。さっきの話で分かっただろう？　私が女王陛下に頼めば君はそもそもこの屋敷に来る必要だってなかったんだ。なのに私はそうしなかった。どうしても……君のことが欲しかった。それだけじゃない、タウンハウスであんなひどいことをしたのに……それでも君は……」

タウンハウスでのことを思い出し、少し睫毛を伏せたが、すぐにレイモンドを見上げて瞳を合わせた。

「あの日のことはもういいのです。驚きましたが、今はあのときのレイ様の気持ちも分かりますし、あれが原因であなたと距離ができてしまうことのほうが悲しいです。それに、このお屋敷に呼ばれたことも、あなたがそれだけ僕のことを望んでくれたのだと思うと嬉しいだけです」

レイモンドの瞼が閉じられる。

その目がゆっくりと開けられたとき、アシュリーは何よりも神聖な言葉を伝えた。

「あなたを愛しています、レイモンド。僕はもう何があってもあなたから離れない」

ふたたび抱き締められ、近くで感じたレイモンドの胸は、強い鼓動を刻んでいた。

レイモンドが腕に力を込めながら、耳に熱い言葉を吹き込んでくる。

「アシュリー、私も愛している。君だけを、ずっと」

永遠に。

テーブルに硬貨を置き、代わりに銀の缶を手にしたレイモンドは、軽々とアシュリーを横抱きにしてベッドに運んだ。

「今までで一番優しくする」

誓うような淡いキスが、唇に、鼻の頭に、額に落ちてくる。それから柔らかな舌を耳殻《じかく》に差し込まれ、濡れた音を注がれると、波に攫《さら》われる砂になったかのように体から力が抜けていった。

鼓膜を刺激されながらガウンをはだけられ、寝間着越しに体を撫でられる。薄い肩や、腕の窪み。肋骨《ろっこつ》の一つ一つも、乳首も。

「んっ……」

レイモンドの指が小さく円を描くと、布がこすれてそこから甘い疼きが生まれる。耳から首筋に移り、味わうように肌を舐めてきた舌は、指と同じくどこまでも優しい。

きゅっと胸の尖りをつままれた。

「んあっ……」

もどかしさに身がよじれる。これでは足りない。布の上からではなく直接触れて口づけて欲しい。

「レ……様、もう……服……」

レイモンドが胸を波打たせ、ガウンと寝間着を一度に脱ぐ。石に写されるほどしなやかで強靭な体が、驚くほど軽やかにアシュリーの体に被さってくる。

なぜこんな風に感じるのか、とても不思議だ。

脱がされているのに包まれている感じがする。

遮るものなく体を重ね、また深く唇を合わせたあと、レイモンドはアシュリーの胸の頂に優しく唇を吸いつかせた。唾液を絡め、舌で包むように転がしながら、もう片方を指でしごく。

「ふ……あっ……」

かりかりと爪で掻かれ、高い声を漏れ零した。

「嫌じゃない？　気持ちいい？」

肌に唇をつけたまま言われ、背筋が弓のようにしなる。自然と胸を突き出す格好になり、立ち上がった乳首を少し強めに吸い上げられた。

「あ、あ……い……きもち、い……」

レイモンドの舌が胸から離れ、腹を滑る。同時に両手も脇腹を通り、腰を一撫でして尻を包む。

彼が体を下げるのに合わせ、硬く、濡れた屹立《きつりつ》が、掠めるようにアシュリーの下肢をなぞる。

「あ……？　や……やっ……」

それに気を取られていて、すぐには気づけなかった。

アシュリーの先端に唇をかけたレイモンドが、艶めいた瞳で見上げてくる。

「君のすべてを愛したい。ここも」

「ひんっ……」

まだ閉じている窄《すぼ》まりを指でつつかれ、咄嗟に膝を内に寄せた。そこにレイモンドが口づけるのは初めてで、見ているだけで自身がぴくりと跳ねてしまう。

「でも、君が嫌ならしない」

離れていく口にも指にも躊躇はない。アシュリーが嫌なら彼は本当にしないのだ。

ひととき見つめ合ったあと、アシュリーは枕に頭を落として腕で目元を隠した。

もちろん嫌ではない。そう伝えることはできる。けれど、その言い方ではまるで、こちらが渋々要求を呑んだかのようだ。

レイモンドに言われたから仕方なく、ではなく、自分が彼にして欲しい。

「して、欲し……あうっ……！」

すぐに脇から歯を立てられ、親指で先端の切れ目を押し広げながら激しくしごかれた。間もなく深く含まれ逞しい力で根元を絞られる。口蓋《こうがい》と舌で挟んでこねられ、音を立てて舐めしゃぶられ、裏側をもなぶられ枕につむじがつく。

レイモンドはアシュリーの茎を咥えたまま、控えめに揺れる小振りな袋をやわやわと揉んでから、先走りを纏った指を襞《ひだ》の中に滑り込ませた。

「ん、くう、んっ……」

鼻にかかった声が恥ずかしい。だけど止まらない。昂《たかぶ》りを吸われながら優しく抜き差しを繰り返され頭が溶けていく。

「ひぁっ……！」

体の奥のある一点をこすられ、びくんと全身が跳ね上がった。

「ここをちゃんと愛したことはまだなかったね……」

レイモンドが指を小刻みに動かす。強烈な愉悦にこらえようもなく啜り泣きが漏れた。

浮き上がった踵ががくがくと揺れる。口でしごかれながら茎の真下を中から叩かれる。

「駄目、駄目ですっ……レイ様っ……離して、やっ、もう、あ――！」

レイモンドはアシュリーの言葉に応じて口を離したが、乳白色の雫は一瞬間に合わずに彼の唇を濡らした。

「すみ、ませ……」

涙声で謝ると、レイモンドは身を起こし、陶酔したような目でアシュリーを見ながら親指で唇を拭った。

「どうして謝る？」

「……って、レイ様の口を、汚して……」

「できれば私は飲みたかったよ。君を食べてしまいたいと言ったのは嘘じゃない」

「あっ……」

両足を持たれ、天井を向くほど尻を上げられる。レイモンドが秘孔に口を寄せた瞬間、先ほどいじられた箇所がひくひくと疼き、頭のてっぺんから足の指先まで鳥肌が立つほど感じてしまった。

「何も心配しないで力を抜いていて。君にもっと気持ちよくなって欲しいだけだ」

緊張をほぐすように、ちゅ、ちゅと尻の丸みを啄《ついば》まれる。

両方の乳首を指でいじられ、気持ちよさに全身の力を抜いてしまったが、支えてくれている彼の体はびくともしない。

レイモンドがふたたび両手で尻を持ち、柔らかな皮膚を左右に広げる。吹きかけられた吐息のぬくもりが冷めないうちに、更に熱い愛を贈られた。

「あっ、んっ……ひっ……」

柔らかな舌で何度も蕾《つぼみ》を舐められ、ほころび始めた花弁にとろりと唾液を注がれる。左右の親指を入れられ、広げられた隙間に舌先を入れられ涙が零れる。

二本の指で縁を、舌で中を丹念に掻き回される。

「ひっ……んうっ……！」

「っ……本当にっ……可愛いな……。舌に吸いついてくる……」

より深く指を埋められ、舌で激しく蹂躙《じゅうりん》された。

一度果てたアシュリー自身が力を取り戻す。背中にレイモンドの剛直が、当たる。

「レイ、さまっ……！　も、いいです、おねが、ですから……」

我慢ができなかった。

「もうっ……レイ様の、くださっ……」

じゅうっと音を立てて開いた花を吸ってから、レイモンドは枕元の銀の缶を手に取った。

レイモンドの指先から花の匂いが立ち上る。

「奥までよく濡らそう。今日は……全部で君を抱きたい」

しとどに蜜を降らせたアシュリーの窪みに、レイモンドはやはり花の匂いを振り撒く己の芯をあてがった。

ぬかるみ、溶け切った入り口が、滑るようにレイモンドを包み込んでいく。

中ほどまで収めたレイモンドが、上体を伏せて両肘をアシュリーの顔の横につく。

まるで痛みをこらえるように、目を閉じて荒い息を吐く彼のことが、たまらなく愛おしかった。

「アシュ……」

深いところで繋がったまま、なんとか体を起こして彼の右腕に口づける。

付け根に近い裏側。間違いなく、一番新しい傷痕。

レイモンドが身震いして声を荒らげた。

「頼むから煽らないでくれ……！　優しくしたいんだ！」

「あうっ……！」

ずんっ、と最奥《さいおう》を貫かれ、足が大きく揺れ動く。少しだけ引かれ、また続けざまに打たれ、そのたびに激しい痺れが稲妻のように背筋を駆ける。

「く……」

激情に抗い、レイモンドは抜け落ちる寸前まで腰を引くと、きりきりと奥歯を嚙みながら静かに自身を動かし始めた。

燃える熱を長引かせ、溢れる力を蓄えて。

もっと遠くに二人で行くために。

規則的なピストンが、優しく、緩やかに、敏感な隘路《あいろ》を行き来する。

体が奥から燃やされる。まだ見ぬどこかへ高く高く運ばれて行く。

「あっ、あっ……何、なにかっ……レイっ……」

思いが言葉にならない。多分もう言葉はいらない。

自分たちはきっと、魂で交信する。

「星が見えるか？」

目の前にあるのは黒い瞳だ。その中で瞬いているのは星だろうか。

レイモンドが深いところで腰を回転させる。

力が解き放たれる。熱を掻き混ぜ渦を巻き、遥か遠くに飛んで行く。

「一緒に行こう、アシュリー」

その瞬間、闇の中で何かが弾けて、世界が光に包まれた。

水を含んだ土や緑、花の匂いが庭に漂っている。

屋敷の表口に使用人たちが並んでいるが、今日アシュリーは見送る側ではなく、レイモンドと一緒に見送られる側に立っている。

ネイサンとルーシー、ロビンも一緒だ。

「それではいってくる。予定通りヘイワード邸に泊まるから、帰りは明後日になる」

「かしこまりました。どうぞ楽しんでいらしてください。屋敷のことはご心配なく」

一礼したアルバートに頷いてから、レイモンドはフィルに顔を向けた。

「ではフィル、アルバートのことを頼む」

フィルが困惑したように頬を紅潮させる傍ら、アルバートが片眉を上げる。

「恐れながら、ミスター・オルブライトの面倒を見るのは私のほうかと思っておりましたが？」

レイモンドは朗らかに答えた。

「私がいないときくらいお前も休んだらいい。フィルはお前を休ませてくれる。違うか？」

アルバートが目を眇め、眉間に皺を刻む。アシュリーが記憶を取り戻して以来、彼はそれまでよりも感情を表に出すようになった。

「まったく……本当にあなたもフィルも私をいらつかせるのがうまい」

彼の中でも何かしらの変化があったのだと思う。

気持ちを素直に表現するのは、それができる相手がいるのは、人間にとってとても大事なことだ。

「アシュリー様、これを」

声をかけてきたオリヴィアのほうを見ると、彼女は封筒を手にしている。

「子供たちに手紙を書いたんです。あとで読んであげてくださいますか？」

少し恥ずかしそうな彼女を見て、アシュリーは手紙を受け取りながら瞳を潤ませた。もうすべての字が書けるが、彼女が手紙を書くのは初めてだ。

「分かりました。ではせっかくなので列車の中で。よかったね、みんな」

ネイサンとルーシーがオリヴィアを見上げ、ロビンがアシュリーの腕の中できゃっと笑う。

「ありがとうございます、ミセス・オリヴィア」

「お土産を買って来るわね。私がいっとう似合う髪飾りを選んであげる」

「あり……ざぁすっ！」

皆に手を振り束の間の別れを告げ、馬車に乗って駅に向かった。

行き先はロドンス・リトスで、そのあとへイワード邸を訪れる予定だ。

切符売り場でレイモンドから硬貨を受け取り、子供たちは一人一人自分の手で切符を買い求めた。

ボックス席に座り、まだ列車が走り出さないうちにロビンがねだってくる。

「おてがみ」

アシュリーが封筒から手紙を取り出すと、窓からの朝日が便箋《びんせん》を明るく照らし出した。


ネイサン、ルーシー、ロビン。

気をつけて行ってらっしゃい。

帰りを待っています。

愛しています。

オリヴィア

「ロビン」

レイモンドの隣で、ネイサンがロビンをじっと見る。

「何があっても忘れるなよ。お前は僕の弟だ」

「あっ、あたしだってロビンのお姉さんだし……ネイサンの妹なんだから！」

アシュリーの腿の上で、ロビンがきょとんと首を傾げた。

「うー……うんとね、ロビー、ネーもルーもオリーも、アシューもおとーたまも、みんな大好き！」

レイモンドがアシュリーと子供たちを見て、幸せそうに頬を緩める。

「アシュリー、私たちはいい子供を持ったと、そう思わないか？」

アシュリーも笑顔で頷いた。

「はい。本当にそうですね。何にも代えられない宝物です」

答えて子供たち一人一人と視線を交わす。

記憶が戻ってから一度、ネイサンとは二人だけで話をした。

ネイサンは泣くことなく、真摯に頭を下げて詫び、アシュリーも「痛かったよ」と嘘はつかずにそう言った。

だけど君も痛かったね。僕たちはたくさん親のことで泣いたね。

でもこれだけは忘れないで。

そういう僕たちができることは、唯一しようと努めるべきことは、それを繰り返さないことだけだ。

痛みではなく、愛を伝えていくことだ。

「あ、動くみたいですよ」

「出発だ！」

「しゅっぱーつ！」

旅の先に何が待ち受けているかは誰にも分からない。

けれど、一枚の切符を握り締めて、きっと自分たちは旅を繰り返す。

立ち止まったままでは同じ景色しか見えないからだ。

先が分かっている旅は楽しいが、先が分からないからこそ楽しい旅もある。

大丈夫。この旅を行くのは自分一人ではない。

友がいる。同志がいる。守らなければならない者たちがいる。

誰よりも愛する人が。

蒸気機関車が動き出す。

果てしのない未来に向かい、消えない星を胸に抱えて。

あとがき

はじめまして、こんにちは。戸田環紀《とだたまき》です。拙著をお手に取ってくださりありがとうございます。ひとときの鉄道旅行は楽しんでいただけましたでしょうか。

書き出す前から最後の一文が決まっていたので、作者としては今回の小説は「行き先が分かっていた旅」と言っていいと思います。ですが、終点までは回り道あり、一時停止ありと、毎度のことながら中々険しい道のりでした。そこを支えてくださったのが読者の皆さんであり、先導してくださった担当編集さんでした。編集Mさんの言葉はいつも新たな気づきを与えてくれます。今回も的確かつ温かなご指導をありがとうございました。

北沢《きたざわ》きょう先生の漫画は以前から拝読していたので、「レイモンドの髪型は北沢先生のこの漫画のこの方で」と歓喜しながらお願いしました。北沢先生、素晴らしいイラストを本当にありがとうございました。

今作はこれまでの四冊の総体のような気がしています。この小説を書けたことを幸せに思います。このような機会をくださった読者の皆さん、関係者の皆さん、本当にありがとうございました。皆さんの旅が素晴らしいものとなりますように。

二〇二二年十二月　　戸田環紀

この本を読んでの
ご意見・ご感想を
お寄せ下さい。

〒151-0051
東京都渋谷区千駄ヶ谷4-9-7
(株)幻冬舎コミックス　リンクス編集部
「戸田環紀《とだたまき》先生」係／「北沢《きたざわ》きょう先生」係

リンクス ロマンス

彷徨う記憶と執愛の星

2022年12月31日　第1刷発行

著者……………戸田環紀《とだたまき》
発行人…………石原正康
発行元…………株式会社　幻冬舎コミックス
〒151-0051　東京都渋谷区千駄ヶ谷4-9-7
TEL 03-5411-6431（編集）
発売元…………株式会社　幻冬舎
〒151-0051　東京都渋谷区千駄ヶ谷4-9-7
TEL 03-5411-6222（営業）
振替00120-8-767643
印刷・製本所…株式会社　光邦
検印廃止

ISBN978-4-344-85159-7 C0293
Printed in Japan

幻冬舎コミックスホームページ　https://www.gentosha-comics.net

本作品はフィクションです。実在の人物・団体・事件などには関係ありません。